한 방랑자의 시시한 여행

그리고 그 소소한 기록

사 / 색 / 여 / 담 여름:상처 위를 거닐다

초판 1쇄   2017년 09월 01일

지은이   구보
발행인   김재홍
디자인   이근택
교정 · 교열   김진섭
마케팅   이연실

발행처   도서출판 지식공감
등록번호   제396-2012-000018호
주소   경기도 고양시 일산동구 견달산로225번길 112
전화   02-3141-2700
팩스   02-322-3089
홈페이지   www.bookdaum.com

가격   13,000원
ISBN   979-11-5622-304-7   04810
SET ISBN   979-11-5622-302-3   04810

CIP제어번호   CIP2017019685
이 도서의 국립중앙도서관 출판예정도서목록(CIP)은 서지정보유통지원시스템 홈페이지
(http://seoji.nl.go.kr)와 국가자료공동목록시스템(http://www.nl.go.kr/kolisnet)에서 이용하실
수 있습니다.

사 / 색 / 여 / 담 여름

상처 위를 거닐다

글·사진 | 구보

도서출판 문학공감

목차

아주 고약했던 꿈

📍 살아온 자와 살아갈 자

잠에서 힘들게 깨어난 나는 꽤 오랜 시간 멍하게 앉아 있을 수밖에 없었다. 내가 꿈에서 깨어나 눈을 떴을 때는 어두웠다. 그러나 이내 아침이 밝았고, 동생은 출근 준비를 마치고 회사로 나갔다. 어머니는 이제 좀 일어나라고 재촉했고, 그제야 꿈 생각을 잠시 멈출 수 있었다. 그 전날, 마셔서는 안 될 술을 마셨다. 저녁자리에서 나를 향해 쏟아지는 동정의 눈동자가 너무나 싫었고, 위로의 말들은 버거웠다. 그래서 나는 괜찮다는 걸 증명하기 위해 쓴웃음과 함께 한 잔의 술을 머금었다. 오늘은 깊은 잠을 잘 수 있을 거라는 나의 조악한 기대도 보기 좋게 빗나갔다. 매일같이 불면증에 시달리다 지쳐 잠들어 다시 악몽에 시달리는 나였지만 이날은 무언가 다른 꿈이었다.

나는 꿈에서 한 청년을 만났다. 그 청년은 나에게 인사했다.

"안녕."

나도 인사를 받았다.

"안녕?"

"……………."

한동안 우리는 서로를 바라보며 말을 잇지 못했다.

짧았지만 너무나도 길게 느껴진 침묵을 깨고 그 청년은 나에게 인사를 건넸다.

"안…녕."

나도 어쩔 수 없다는 듯 그에게 작별인사를 했다.

"안…녕."

그 청년의 눈동자에는 초라한 내 모습과 실망이 가득 담겨 있었다. 나는 무슨 잘못을 한 것도 아니었지만 그를 붙잡고 변명을 쏟아내고 싶었다. 그는 한동안 바라보고는 뒤돌아섰다. 나는 그 앞에서 아무 말도 할 수 없었다.

그 청년은 다름 아닌 20대 초반의 나였다. 10년 전 나는 현재의 나를 만나러 왔다. 나는 그에게 실망을 주었고 돌아서는 그를 향해 수많은 변명을 쏟아내려 했다. 20대의 나는 희망에 부풀어있었고, 재수 없을 정도로 자존심이 강했었다.

나는 꿈에서 깨어나 나 자신을 변호했다. 무수한 인생의 선택지 위에서 나름대로 열심히 살았다. 비록 어리석은 선택들을 했지만 그 선택에 책임을 다하고자 무척이나 애쓰는 인생을 살았다. 후회와 미련이 가득 남은 어설프고 서툰 인생을 살았지만, 결코 나쁜 인생은 아니었다며 주절댔다. 변명을 씹어댈수록 입 안에 쓴맛이 짙게 올라왔다.

나는 과거의 나에게 부끄럽지 않은 인생을 살고 있을까?

현재의 나는 과거의 나에게 과연 무슨 말을 해줄 수 있을까?

이 상황 앞에서 나는 한없이 초라했고 비참했다.

나는 그가 내 어깨를 다독이며

"괜찮다. 살아내느라 참 애썼다. 이만하면 충분히 훌륭한 삶이다."

라는 말을 해주기 바랐지만 결국 그러지 못하고 잠에서 깨고 말았다. 그래서 나도 로또 번호를 알려주지 못했다. 무슨 주식을 사야 하는지. 어느 지역 부동산에 투자해야 하는지도 말하지 못했다.

반면, 현재의 내가 필요로 했던 말은 근사하고 멋진 걱정과 위로가 아닌 "괜찮다. 나름대로 최선을 다했고 잘 살아오고 있다. 좀 더 이 모습 그대로 살아보자."라는 흔한 말 한마디였는지도 모른다. 내가 어떤 모습이든 존재 자체만으로도 가치 있다고. 하지만 분명 쉬운 일은 아니었다.

그 날, 그럼에도 불구하고 나를 받아들이기로 다짐했다. 어떤 모습이든 간에 그게 분명 맘에 탐탁지 않더라도 돌이킬 수 없다면 인정하고 뚜벅뚜벅 걸어가 보기로 했다. 삶의 무거운 고비나 벅찬 전개를 맞게 된다면 우리는 심오한 교훈이나 탁월한 해결책을 원한다. 하지만 사실 인생의 무거움이 닥칠 때 의외로 가볍고 단순함이 필요할 때가 있다.

내가 나를 인정하고 받아들이기 위해서라면 내가 내 모습이 진정 어떠한지 직시하고 당당히 마주할 수 있어야 했다. 아파하는 게 지금 신이 나에게 부여한 숙명이라면, 그게 내가 세상에서 담당해야 할 역할이라면 받아들일 수밖에 없었다. 피어야 꽃이라면 피어야 하고 떨어져야 낙엽이라면 아프더라도 미련 없이 떨어져야 한다.

그러기 위해 내 머리에 떠오르는 방법은 여행을 떠나보는 일밖에 없었던 듯싶다. 정작 '이런 소모적인 방법밖에 없었을까?' 라는 회의감으로 애써 여행이라는 마음속 단어를 무시하곤 했다. 그래도 돌이켜 보면 이때가 마음에 여행을 파종한 시기였다. 내가 모르는 세계를 위해 모든 것을 쏟아 부은 많은 인생들. 내가 미처 알지 못했던 다른 가치를 마주하고 싶었다.

폴 발레리처럼 바람이 불어 살아야겠다는 다짐을 한 게 아니듯, 무라카미 하루키처럼 어디선가 멀리서 먼 북소리가 들려와 여행을 떠난 것도 아니었다. 주어진 삶을 대면하고 직시하기 위해 다른 삶을 관음하는 일. 이러한 아이러니하고도 어리석은 대응은 길 위로 나를 인도했다. 사람들이 나를 생각해 준답시고 쏟아낸 의미 없는 위로와 어설픈 동정 그리고 독을 품은 훈계와 성가신 조언들이 나를 진정으로 알아주는 사람은 결국 나 자신뿐이라는 지독한 외로움만 던져주었다. 결국, 나를 위로해야 할 사람은 나 자신이었다.

그렇다면 과연 나는 나에게 무슨 말을 해줄 수 있었을까?

하지만 나조차도 나를 제대로 알지 못하기에, 새로 주어진 인생이 나에게 어떤 의미가 있는지 알 수 없기에, 남들은 축복이라 말했던 새 삶이 나에게 저주로 느껴지기만 했기에, 나는 어떤 해답도 제시하지 못했다. 결국은 내가, 나 자신에게 턱없이 철없고 어이없는 한마디를 건넸다.

우리 걷다 올래? 걷다가 바람이 불면 잠시 숨을 쉬어보지 않을래?
나는 그러면 안 된다는 걸 알면서도 그 한심한 제안에 고개를 끄덕일 수밖에 없었다. 그렇게 나는 내 인생에 방랑자의 시간을 할애했다.

발칸유럽,
동유럽

늙은 호박의 색을 띤 지붕들이 옹기종기 모여 있는 마을의 풍경. 사진 혹은 영상으로드, 눈을 통해서든 쉽게 만날 수 있는 정겨운 장면이다.

발칸 유럽은 옛 유고슬라비아 연방공화국이었던 슬로베니아, 크로아티아, 세르비아, 보스니아 헤르체고비나, 몬테네그로, 마케도니아, 코소보 7개 국가와 루마니아, 불가리아, 알바니아 등의 나라들을 통칭하는 말이다.

발칸 반도의 '발칸'. 터키어로 '발'은 '꿀'을 뜻하며 '칸'은 '피'를 뜻한다. 실제로도 꿀과 피가 흘렀던 땅. 노란 꿀이 흐르는 천혜의 자연과 빨간 피가 흘렀던 잔혹한 역사를 모두 담고 있다.

아직도 주황색 피고름의 상처가 아물지 않은 지역.

유럽과 아시아 문명의 완충지 역할을 담당하면서 수많은 이권 싸움에 휩쓸려 온 이 땅에 담황색 지붕의 마을들이 상처를 저마다의 방법으로 치유하고 있다.

참혹했던 내전으로 발칸의 화약고라 불리고 공산주의의 역사로 인한 빈곤한 나라라는 주홍글씨가 드리워져 있는 땅이다.

읽어볼 만한 책으로는 『드리나 강의 다리』가 있다.

인종 간, 종교 간의 충돌과 분쟁이 끊이지 않는 발칸 반도의 보스니아에서 태어난 이보 안드리치가 조국의 역사를 인간의 운명과 역사와 엮어 만든 작품 『드리나 강의 다리』는 터키 제국 시대부터 제1차 세계대전 직전까지 400여 년 동안 보스니아의 소도시 비셰그라드에 놓인 다리를 중심으로 일어나는 다양한 문화들의 공존과 충돌의 역사를 그리고 있다. 작가의 손끝에서 펼쳐지는 이슬람, 가톨릭, 세르비아 정교, 유태교 등 다양한 종교와 문화를 지닌 사람들의 갈등과 공존, 수많은 주인공들의 삶과 죽음, 발칸을 지배했던 제국들의 흥망성쇠를 통해 비극적인 발칸의 역사와 만나게 된다.

제2차 세계 대전 중에 집필하여 전쟁이 끝난 1945년에 동시에 발표한 3부작 『드리나 강의 다리』, 『트라브니크의 연대기』, 『아가씨』는 500여 년이라는 긴 세월 동안 보스니아에 살아온 다양한 민족 공동체의 공통된 역사와 운명을 조명하여 이들의 갈등과 견제 속에 형성된 발칸 특유의 문화를 그려낸 걸작들이다. 이 작품들은 침체된 유고 문학계에 새로운 부흥을 가져오게 되며 특히 『드리나 강의 다리』는 안드리치가 1961년 노벨상을 수상하게 되는 데 결정적인 역할을 하였다.

▶▶▶ **도나우 강의 여러 이름**

도나우 강은 독일 남부의 브레게 강과 브리가흐 강이 합류하면서 시작되어 오스트리아, 체코, 슬로바키아, 헝가리, 옛 유고슬라비아와 루마니아, 불가리아를 거쳐 흑해로 흘러들어 간다. 많은 나라를 흐르는 강이라 각 나라마다 부르는 이름이 조금 다르다.

독일, 오스트리아	Donau	도나우
슬로바키아	Dunaj	두나이
슬로베니아	Donapia	도나피아
헝가리	Duna	두나
체코	Vltava	블타바
크로아티아, 세르비아, 불가리아	Dunav	두나브
루마니아	Dunăre	두나레

느려도 괜찮아,
소피아

구 공산권역에 있었던 동구권 국가의 모습이 내 앞에 펼쳐진다. 회색빛의 살천스러운 도시. 발칸반도에 왔다는 사실이 온몸으로 느껴진다. 무채색의 낡은 건물들 사이로 무표정의 사람들이 지나다닌다. 이따금씩 낡은 노란 전차가 그들 속을 헤치고 빠져나온다. 전체적인 분위기가 음습하고 스산하다. 암울한 기운이 감돈다.

그럼에도 불구하고 중후하다. 멋진 회색 코트를 입은 늙은 군인의 모습과 비슷하다. 회색 코트 위에 훈장이 반짝이듯 금빛 동상들이 한때의 화려함을 지금도 자랑한다. 도시가 풍기는 음습한 분위기에는 이 땅이 겪어야 했던 질곡의 역사가 고스란히 담겨있었다. 수많은 외침과 맞서며 20세기 초 터키로부터 독립을 이끌어 내고 두 번의 세계대전 그리고 발칸 전쟁을 온몸으로 견딘 도시의 분위기는 알 수 없는 무게가 느껴졌다.

소피아에서 가장 환율이 좋다는 환전소 앞, 길게 늘어선 줄에 나도 합류했다. 조심스레 유로 고액권을 주섬주섬 꺼냈다. 물가가 싼 이곳에서 여행을 계획하기에 앞서 지출을 예상했다. 세 장의 종이가 수북한 뭉치가 되어 돌아왔다.

아침을 해결하러 중고책 시장을 가로질렀다. 소피아에서도 책을 파는 노점상들을 쉽게 마주친다. 대문호의 고향이라 그런지는 분명하지 않지만, 거리의 분위기를 더욱 낭만적으로 만든다는 것은 분명하다. 책 표지와 상가 간판에 낯선 글자들이 보인다. 로마자 알파벳과 모양은 대략 비슷하지만, 전혀 다르게 쓰이는 키릴문자가 마치 암호처럼 보인다. 읽지 못하는 책을 덮어두고 전찻길을 따라 걸었다. 거리의 아코디언 연주도 걸음을 멈춰 세울 만큼 훌륭하다. 가끔 이질적이고 색다른 분위기가 낯설게 느껴지지 않고 친근하게 다가올 때가 있다. 불가리아 수도 소피아의 첫인상이 그러했다.

　콘스탄틴 황제가 "소피아는 나의 로마"라고 말했던 도시 소피아. 이곳은 온천으로 유명하다. 로마 황제 유스티니아누스의 딸 소피아가 이곳에서 병이 말끔히 나아 콘스탄티노플로 돌아갔다. 황제는 딸의 회복을 기념하여 딸의 이름을 딴 성당을 세우라고 명한다. 이에 터키 이스탄불, 그리스 테살로니키, 그리고 이곳 소피아에 성당이 세워진다. 이 온천수는 북한의 독재자 김일성도 좋아했다. 온천을 즐기기 위해 이곳까지 기차를 타고 여러 번 방문한 것으로 알려져 있다. 이스크르 거리에는 시민들이 무료로 온천수를 받아갈 수 있는 곳이 있다. 신장과 피부에 좋다고 알려져 있다. 나도 내 몸과 마음이 회복하길 바라는 마음으로 이 온천물을 한 잔 마시고 소피아 여행을 시작했다.

　출근 인파가 각자의 공간으로 들어가고 나니 개들이 산책을 나오기 시작했다. 나는 플라스틱 컵에 든 산딸기와 온천수가 담긴 물병을 들고 주인을 끌고 나온 혹은 주인을 깜박한 개들의 행렬을 천천히 따라갔다. 가드너 맥케이는 그의 저서 『지도 없는 여정』에서 "개가 걷는 속도로 여행했을 때 최고의 여행을 했다는 사실을 깨달았다."고 말했다.

기둥에 오줌을 갈기느라 개는 자주 멈춰 섰다. 내 눈 앞에 펼쳐진 광경을 눈에 담으라고. 기억하고 싶은 길 위의 모습을 마주칠 때면 카메라를 집어 드는 여유를 잊지 말라고 말하는 듯했다. 마치 사진을 찍을 장소를 가르쳐 주듯, 지나치면 안 되는 광경을 알려주듯, 개는 느릿느릿 그리고 자주 멈춰 섰다. 마치 여행자의 발걸음처럼.

소피아에서 가장 오래된 소피아 성당을 지나 알렉산드로 네프스키 성당으로 향했다. 알렉산드로 네프스키 성당은 불가리아 최고의 정교회 성당이다. 성당은 1882년부터 1912년 사이에 네오 비잔틴 양식으로 지어졌다. 러시아 황제의 이름에서 그 이름도 유래했다. 정면 기도소는 불가리아를 해방하기 위해 벌인 러시아 – 오스만투르크 제국 간의 전쟁에서 목숨을 잃은 20만의 러시아 군인들, 왼쪽에는 불가리아 군인, 오른쪽에는 슬라브 장병들에게 경의를 표하고 있다. 정교회 성당의 외관에서 가장 두드러지는 것은 45m의 황금으로 지어진 돔과 그 옆에 자리한 53m의 종탑이다. 총 12개의 종을 가지고 있는데 그 무게만 23톤에 달한다.

이곳에서는 오직 사람의 목소리로만 신을 찬양한다. 조지아에서도 마찬가지였다. 조지아에서는 근엄하고 웅장한 남성의 목소리로 노래한 반면, 이곳에서는 청량하고 아름다운 여성의 목소리가 신의 사랑을 맑은 목소리로 노래한다. 어찌 들으면 푼수 끼 많은 여성들의 수다 같지만, 그 화음이 정말 인상 깊다.

성당 주변을 서성이니 키릴문자의 아버지 동상이 눈에 보인다. 현재의 키릴 문자는 글라골 문자에서 갈라져 나왔다. 이 글라골 문자는 동방 정교회의 선교사 성 키릴로스키릴과 그의 형, 성 메토디오스메포지가 슬라브족에게 포교하기 위해 그리스 문자를 바탕으로 고안되었다고 여겨지고 있다. 신앙을 위해 만들어진 문자는 동유럽러시아, 우크라이나, 벨라루스와 몰도바, 세르비아, 몬테네그로, 보스니아 헤르체고비나 일부 지역, 크로아티아 일부 지역, 루마니아 일부 지역, 불가리아, 마케도니아 공화국과 중앙아시아, 북아시아와 아제르바이잔, 조지아 일부 지역, 몽골 등 러시아의 영향을 받은 여러 나라에서 쓰이고 있다. 키릴 문자에 대한 불가리아인들의 자부심이 대단했다.

골동품 시장에서 불가리아 사람들의 손때 묻은 물건들에 나의 손때를 덧입혀보고 이름 없는 용사들을 추모하는 '꺼지지 않는 불꽃' 앞에 섰다. 역사는 기억되지 못한 이름 없는 사람들에 의해 움직인다. 세계대전에서 연합군과 동맹군 사이에서 우왕좌왕할 때 패전한 동맹군 측에 속하지 않도록 강력히 주장한 사람들은 불가리아의 민중들이었다. 2차 대전이 발발하자 불가리아는 독일 편에 섰지만, 대중 폭동을 두려워한 짜르 보리스 3세는 러시아와의 전쟁선포를 거부했다.

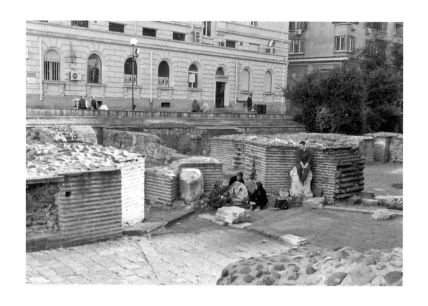

지하조직인 파더랜드 프로트Fatherland Frot는 친독일 정부에 반대하는 세력을 통합해, 결국 군주제를 전복시키는 데 필요한 대중의 지지를 얻어냈다. 공산주의자 토도르 지브코프Todor Zhivkov는 군대를 설득했고, 결국 전쟁 말기에 불가리아는 과거의 해방자러시아 편에 서서 현재의 동맹국독일과 싸웠다. 덕분에 1954년부터 1989년까지 불가리아 지도자였던 토도르 지브코프의 임기 동안, 불가리아는 동유럽에서 가장 번영하는 나라에 속하게 되었다.

11,000명의 불가리아 유대인들이 단 한 명도 수용소로 끌려가거나 나치에 의한 죽임을 당하지 않게 만든 것도 결국 민중들이었다. 국민들은 유대인들을 불가리아 지역 외부로 추방하는 것을 공개적으로 저

항했다. 정부 여당의 간부들도 참여
한 이 저항 운동은 불가리아의 국
왕이었던 보리스 3세의 마음을 움
직였다. 당시 독일 나치 정부는 불
가리아 정부에 불가리아의 유대인
들을 추방할 것을 강하게 요구해왔
다. 불가리아 정부는 이에 협조하고
자 했지만 결국 철회했다. 보리스
국왕의 결정으로 불가리아 당국은
유대인들을 불가리아 영토 밖으로
추방하지 않았다.

　뿐만 아니라 14세기 이후 500년간 이어진 오스만투르크 제국으로
부터 독립하고자 하는 열망이 강해진 1876년 4월, 코프리브시티사
Koprivshtitsa에서 폭동이 일어났다. 터키는 전례 없는 잔인함으로 이를
탄압했다. 15,000명에 달하는 불가리아인들이 플로브디프에서 학살당
했고 58개 마을이 무너졌다. 이때 파자르디크는 한 대담한 서기 덕분
에 위기를 모면했다고 전해진다. 그는 공식 명령서에서 쉼표를 하나 옮
김으로써 명령을 '마을을 불태우고 용서하지 말라burn the town, not spare it'
에서 '마을을 태우지 말고 용서하라burn the town not, spare it'로 바꿨다.

　아직 EU 가입국 중에 가장 발전이 느린 국가이지만 불가리아 민중
들의 힘은 대단하다. 공산 독재정권을 피 흘림 없이 붕괴시킨 국가다.
하지만 민주주의가 들어서고 오히려 쇠락의 길을 걸었다. 민주주의가

들어서면서 자본주의의 어두운 면까지 같이 유입됐기 때문이다. 부정부패와 외국 자본의 탐욕이 주도하는 섣부른 민영화에 지금 불가리아 시민들은 맹렬히 맞서고 있다.

외부에서는 경제성장을 가로막는 정치 불안으로 평가하기도 하지만 이는 불가리아의 기반시설을 사유화하여 막대한 이익을 취하려는 외국 투기꾼들의 의견이라 생각한다. 대통령 궁 앞에는 아파트가 들어서 있고 대통령과 시민들은 맞닿아 있는 건물에서 함께 살고 있다. 두 명의 근위병이 입구를 지키고 있을 뿐 대통령 궁 주변의 통행은 누구에게나 자유롭다. 대통령은 경호원 없이 시장에서 장을 보고 시민들과 커피를 마신다.

운 좋게 대통령과 마주치면 누구나 차 한잔하자고 권할 수 있는 나라라고 불가리아인들은 자랑한다. 정치 불안이 있는 나라에서는 상상할 수 없는 광경이다. 민주주의와 함께 들어온 자본주의의 병폐가 불가리아를 위협하고 있다고 보는 편이 맞다.

공산주의 시절 농업과 공업의 균형 잡힌 발전을 이루어 동유럽에서 가장 번영한 나라 중 하나였다. 공산주의 붕괴 이후 경제를 악화시킨 급속한 인플레이션, 높은 실업률은 민주주의의 폐해가 아닌 탐욕스런 자본주의의 그릇된 산물이다.

레닌 동상이 치워지고 세워진 소피아 여신상에서 소피아 여행을 마무리했다. 손에는 지혜의 상징인 부엉이와 승리의 상징인 월계관이 들려있다. 아직 느린 걸음일지라도 나와 불가리아의 지혜로운 승리가 이루어지길 기도해본다.

릴라 수도원
- 치유의 성지(聖地)

소피아에서 120km 정도 떨어진 릴라 수도원으로 향했다. 불가리아의 정신적 지주, 국민 수도원으로 불릴 만큼 불가리아의 소중한 성지다. 매년 100만 명 이상이 방문하고 있다. 가는 도중 가이드는 멀리 떨어진 작은 마을을 가리킨다. 불가리아에서도 장수마을로 유명한 곳이라고 한다. 가장 젊은? 노인이 80세라고 하니 그럴 만도 하다.

사실 릴라 수도원도 치유의 장소다. 릴라 수도원은 10세기에 이반 릴스키가 처음 세웠다. 그에게는 치유 능력이 있었다고 알려져 있다. 그런 능력 때문에 중세 많은 국가들이 그의 유골을 차지하기 위해 애썼다. 12세기 후반 헝가리, 비잔틴 제국, 불가리아를 거쳐 이곳 릴라 수도원으로 돌아왔다. 성당 정면 오른쪽에 그의 유골함이 빨간 천으로 덮여 있다.

릴라 수도원을 감싸고 있는 웅장한 자연, 그리고 적막한 고요함. 시끄러운 관광객에게 건네는 수도자의 따뜻한 미소. 경건한 치유가 나를 어루만지는 곳이었다.

세븐레이크
- 외계인의 지구 여행기

고생담 "끝날 때까지 끝난 게 아니다. It ain't over till over"

소피아에서 세븐레이크로 가는 방법을 간략하게 설명하자면, 버스나 기차를 타고 두쁘니차까지 간 다음 버스를 타고 사빠레바 바냐로 간다. 그런 다음, 버스나 택시를 타고 세븐레이크가 있는 릴라 국립공원으로 들어가면 된다. 아침 일찍 터미널로 향했다. 소피아는 기차역과 버스 터미널이 붙어있다. 이날까지 이번 여행에서 기차를 한 번도 안 탔기에 기차역으로 향했다. 두쁘니차행 기차표를 구입했는데 기차 플랫폼이 몇 번인지 아무리 찾아봐도 모르겠다. 표를 아무리 훑어봐도 사람들에게 물어봐도 알 수 있는 방법이 없었다. 낡은 기차역에서 멍하게 선로를 바라봤다. 한 기차가 들어오더니 반대편 승강장에 멈춰 선다. 나는 무턱대고 기차에 올라탔다. 좌석 번호도 모르겠다. 키릴 문자를 사용하는 불가리아에서는 영어가 쓸모없었다. 자리에 앉아 신문을 뒤적이는 노신사에게 표를 보여주며 "두쁘니차?"라고 물어봤다. 고개를 끄덕이며 "네"라고 대답한다.

안심하고 눈에 띄는 빈자리에 몸을 던졌다. 기차는 꽤 한참을 소피아 역에 서 있었다. 멍하게 창밖을 바라보았다. 어제 먹은 와인을 해독하는 데 집중할 겸 온몸의 스위치를 껐다. 반대편 승강장에 기차가 한 대 들어온다. 기차가 들어서는 모습을 멍하게 바라보고 있는데 제복을 입은 사람이 열차 칸에 들어선다. 표 검사를 하고 있는 차장인 듯했다. 표를 확인하더니 내리라고 한다. 마치 무임승차를 한 것처럼 나를 일으켜 세우더니 반대편 승강장을 가리킨다. 하지만 가리킨 기차는 떠나는 중이다. 나를 팽개친 기차도 떠난다. 멍하게 멀어지는 두 기차를 바라보았다.

불가리아는 목으로 대답하는 방법이 국제 표준과 반대다. 긍정의 뜻을 나타낼 때는 고개를 가로젓는다. 부정의 뜻을 나타낼 때는 고개를 끄덕인다. 나는 한국식 표현에 익숙한 탓에 노신사의 대답을 무의식적으로 긍정의 뜻으로 알아들었다. "네"는 불가리아어로 'NO'라는 뜻이다. 이 두 가지 사실을 모두 알고 있었지만, 당시에는 한 치의 의심도 하지 않고 긍정의 뜻으로 받아들였다. 게다가 한 외국인이 기차를 잘못 탔지만 마치 내 일 아니니깐 상관없다는 듯 조용히 신문으로 시선을 옮긴 할아버지의 무심한 태도 탓에 무의식은 계속 의식을 지배할 수 있었다. 불가리아의 특이한 몸짓언어와 내 착각, 노신사의 냉랭함이 힘을 합쳐 내 기차표를 휴지 조각으로 만들었다. 이 사건이 엄청난 여정의 시작일 뿐임을 나는 이때까지 알지 못했다.

기차는 한 시간에 한 대꼴로 있었기 때문에 할 수 없이 버스 터미널로 향했다. 한 버스회사에서 9시 15분에 출발하는 표를 급하게 샀다.

직원은 친절하게 버스까지 직접 데려다주었고 버스 기사에게 나를 부탁했다. 마음이 놓였다. 이때까지만 해도 아침은 액땜이라 생각하고 넘기면 된다고 나를 위로했다.

한 시간 정도면 도착한다는 두쁘니차는 두 시간이 걸려도 도착하지 않았다. 버스는 좀 더 달리더니 첫 정류장에 도착했다. 내려서 터미널에 적힌 지명 표시를 보니 내가 적어온 두쁘니차 문자 모양과 많이 달랐다. 버스에 다시 올라타 "두쁘니차?"라고 물었다.

당황한다. 팔을 흔들며 자책한다.

알 수 없는 말을 하며 다시 타라는 신호를 보낸다. 불안했다. 두쁘니차만 반복하며 물었다. 기사는 손만 연신 자기 쪽으로 흔들었다. 분명 타라는 신호 같은데 기차의 기억이 떠오른다. 고개를 쓰는 법도 반대면 손쓰는 법도 반대일 확률이 있었다. 섣불리 올라탈 수 없었다. 나 때문에 출발이 늦어지자 제일 앞자리에 탄 사람이 버스를 붙잡고 있는 내 손을 잡아끌었다. 일단 기사 바로 뒷자리에 앉았다. 버스에 탄 사람 중 영어를 할 줄 아는 사람은 나밖에 없었다. 나만 외계어를 지껄이고 있는 판국이었다. 내 우주선을 돌려달라며 떼를 쓰는 모습이었다. 두쁘니차를 키릴문자로 적어놓은 종이를 보여주며 이곳에 가야 한다고 지겹게 반복하며 말했다. 제일 앞에 앉은 사람이 내가 시끄러웠는지 나를 잠시 조용히 시키고 버스 기사와 이야기를 한다. 그러고서는 대화한 내용을 아주 자세히 영어가 아닌 불가리아어로 설명해주었다.

손짓 발짓을 토대로 알아들은 바를 요약하자면,

① 버스기사가 나를 두쁘니차에 내려주는 것을 잊었다.
② 그래서 더 멀리 왔다.
③ 이 버스는 종점을 찍고 소피아로 돌아가는 길에 두쁘니차를 거친다.
④ 어차피 여기서 두쁘니차로 가장 빨리 가는 버스는 이 버스다.
⑤ 이 터미널에서 이 버스가 돌아오는 것을 기다릴 바엔 여기 타고 있어라.

고맙다는 말을 남기고 원래 내 자리로 돌아갔다. 버스가 출발한다. 덜컹거리는 버스 안에서 의자의 윗부분을 손으로 지탱하며 좁은 통로를 지났다. 승객들도 나를 외계인 쳐다보는 듯 경계하며 곁눈질한다. 난 의자에 내 몸을 던지듯 앉았다. 던져진 몸을 창 쪽으로 힘겹게 옮겼다. 릴라 국립공원 북쪽에 있어야 할 시간에 나는 국립공원 서쪽에서 남쪽으로 향하는 중이다. 내 왼쪽 어깨 위에서 한껏 위용을 자랑하는 릴라산을 심드렁하게 쳐다보았다.

차가 막히기 시작한다. 이 버스의 종점이 어딘지 모르고 낯선 땅에서 하루를 지내야 할 수도 있기에 마음이 초조해진다. 불안감처럼 내 곁을 계속 따라오며 흐르던 스트루마강. 고무보트 위에서 레프팅을 하는 학생들이 보인다. 강은 너무도 잔잔하게 흐르지만 노 젓기는 거칠게 서투르다. 강 상류나 하류로 배를 이끌고 싶지만 배는 반대편 강변으로 곧장 흘러가 연신 돌에 부딪힌다. 다섯 대의 고무보트가 모두 출발지점 반대편 땅에 박혀있다. 가고자 하지만 가지 못하고 시간만

지체하는 모습. 우스운 광경이지만 왠지 모르게 짠하다.

내 여행과 크게 다르지 않았다. 아니 어쩌면 내 삶과 많이 닮아 있었다. 두려운 마음을 패기 어린 용기로 감싸고 당차게 인생을 세상 위에 띄워 보지만 아직 서툴고 어설퍼 자꾸만 원하지 않는 곳에 도달한다. 어떤 흐름을 거슬러 노를 저어간다는 것은 서툰 인생들에겐 여간 힘든 일이 아니다. 아직 사용법을 모르는 탓에 부딪히고 막힌 길에 답답하다.

마음으로 물끄러미 응원해보지만, 배들은 더욱 길을 잃은 채 곤경에 빠진다. 열심히 노를 젓지만, 의미 없어 보인다. 성과 없는 노력만 반복될 뿐이었다. 목표는 있지만 헤맬 뿐이다. 서툶이 주는 좌절과 실망 속에서 노를 놓아버리는 학생들도 보인다.

과연 익숙해지면 즐길 수 있을까? 익숙해질 때쯤 보트 대여시간이 끝나거나 물살이 거세지겠지. 누구도 인생을 능숙하게 살아내지 못하는 것처럼. 빙글빙글 도는 배의 움직임에서 삶의 패턴이 보이는 듯했다. 어쩌면 삶도 선형이 아닌 나선형 혹은 원형의 움직임을 반복하는 일이다. 삶은 망치로 바로 박히는 못의 모습이 아니라 회전을 통해 깊어지는 나사의 움직임과 비슷하다. 원형의 움직임만 반복하는 것처럼 보이지만 나선형의 움직임으로 더욱 깊어지고 조금이나마 차츰차츰 넓어지는 모습일 테다. 정답은 보이지 않고 오답만 보이는 인생. '이건 아니구나! 이 모습은 틀렸구나!' 하는 반복된 좌절과 실패 가운데서 천천히 나아지는 인생. 바로바로 거침없이 나아가기보다는 결국 헤매고 방황하며 돌고, 돌아갈 곳을 찾아가는 삶의 여정. 이게 시시하고도 위대한 삶의 모습이다.

이제 차는 움직인다. 도로공사를 하는 탓에 길이 막혔다는 사실을 알 수 있었다. 나는 버스의 종점이라고 하는 산단스키라는 도시에 도착했다. 버스터미널이 아닌 버스 차고지에 내렸다. 기사는 담배를 하나 태우고는 따라오라는 수신호를 보낸다. 주인을 따라 산책 나온 개마냥 그 뒤를 졸졸 따라갔다. 10분쯤 걸으니 작은 터미널에 도착한다. 다른 기사와 아주 반갑게 인사한다. 기사의 무뚝뚝함이 벗겨지는 모습을 봤다. 팔리는 개처럼 다른 기사에게 인도되었다.

내가 배운 교육 방식대로 새로운 기사에게 드뿌니차를 주입시켰다. 주입식 교육은 학생도 지치게 하지만 선생도 지치게 한다는 사실을 깨닫고 기사 바로 뒷좌석에 몸을 뉘였다. 반대편에 막힌 도로 위에 멈춰 서 있는 차들을 무심하게 쳐다봤다. 저들은 어떤 이유인지 알 수도 모를 수도 있지만 나는 한번 지나쳐본 길이라 도로공사 때문에 차가 막힌다는 사실을 알고 있다.

타임슬립 드라마처럼, 영화 〈어바웃 타임〉처럼 삶을 반복할 수 있다면 우리는 인생을 후회와 막힘없이 살아낼 수 있을까? 얼마나 반복을 해야 능숙하게 인생을 사용할 수 있을까? 과연 인생을 능숙하게 산다는 건 어떤 것을 의미하는 것일까? 삶의 방정식과 함수를 정확하게 계산하는 일이 내가 갖추어야 할 삶의 미덕일까? 시행착오 없이 목표 지점에 빠르고 정확하게 도착하는 인생이 과연 내가 원하는 삶의 방식인가? 길을 가는 것과 길을 아는 것은 어떤 관계가 있을까? 길을 안다고 갈 수 있는 것도 아니고 길을 간다고 해서 길을 아는 것도 아니다. 때론 길을 알지 못함에도 가야 할 때가 있으며 길을 안다 해도 길을 갈 수 없는 때가 있다. 내가 인생의 미덕을 잊은 채 쓸데없는 것들을 부러워하고 굳이 필요 없는 열패감에 좌절하고 있진 않았을까?

기사가 길가에 멈춰 서더니 문을 연다. 나를 돌아보더니 내리라고 한다. 왜 나를 내려다 주는 것을 깜빡했는지 어느 정도 이해가 간다. 터미널로 가지 않고 나를 길가에 내려다 주는 버스회사를 고른 것이다.

또 막막하다. 터미널에서 사빠레바 바냐로 가는 버스를 타라고 했는데 터미널이 어딘지 모른다. 지나가는 사람도 없어 길을 물을 수도 없었다. 일단 시내 쪽으로 보이는 곳으로 향했다. 그렇게 또 한참을 걸었다. 보이는 가게마다 들어가 사빠레바 바냐를 불가리아어로 적은 종이를 들이밀었다. 하다하다 미용실까지 들어가 물어봤지만 구걸하러 온 거지 취급을 받으며 쫓겨났다.

길가를 얼마나 헤맸을까? 다리를 쉬고 있는데 작은 손가방을 들고 택시를 기다리는 한 노파가 눈에 들어온다. '사빠레바 바냐'가 적힌 쪽지가 "1달러만 주세요."라고 적혀 있기라도 한 냥, 날 무시할 게 분명해 보였다. 그래도 혹시나 하는 마음에 다가가 쪽지를 내밀었다. 활짝 웃으며 쪽지를 든 내 손을 쓰다듬는다. 알아듣지도 못하는 불가리아어를 따뜻하게 쏟아낸다. 마치 잃어버렸던 손자를 다시 만난 듯 그렇게 애틋할 수가 없다. 이번 여행 중 돌아가신 할머니 생각이 잠깐 스쳤다. 가슴이 저려 왔다. 하지만 이내 치매 환자일 수도 있다는 불안감이 엄습했다.

택시 한 대가 우리 앞에 멈춰 섰다. 할머니는 타라는 수신호를 보냈다. 오늘 나는 이 수신호를 몇 번이나 마주쳤는지 모른다. 할머니도 그 터미널 근처로 가는 모양이었다. 미리 콜택시를 부르신 듯했다. 터미널이 보이자 나에게 내리라는 손짓을 한다. 택시 미터기에 기록된 숫자만큼 택시비를 지불하는데 극구 말리신다. 결국, 반에 해당하는 금액을 택시기사에게 건네고 내렸다.

사빠레바 바냐로 가는 버스는 30분 뒤에 있었다. 시간은 벌써 5시를 향해간다. 그때서야 내가 한 끼도 못 먹었음이 생각났다. 위장의 간절한 호소는 뇌가 활동을 잠시 멈춘 후에야 들리기 시작했다. 격렬해진 외침을 달래려 소시지를 품고 있는 빵을 하나 샀다. 작은 버스를 타고 사빠레바 바냐로 향했다.

한적했던 버스는 시내에 도착하자 사람들을 욱여넣기 시작했다. 아까는 찾아도 없던 사람들이 어디서 갑자기 나타났을까? 내 왼쪽에 한 할아버지가 서 있다. 몸을 일으켜 노신사를 위해 자리를 양보했다. "Thank you."라는 수줍은 인사에 고개를 끄덕인 뒤 잡을 곳을 겨우 찾아 가까스로 중심을 잡았다. 자리가 워낙 좁았던 탓에 내 볼록한 배는 할아버지의 뺨과 불편할 정도로 가까웠다.

불가리아식 핫도그는 부족했는지 배에서 '꼬르륵'하는 비명이 들린다. 적정 탑승인원수가 있음에도 불구하고 마구 사람들을 태운 버스를 욕하고 있었는데 내 위장도 다르지 않았다. 얼마나 더 넣어야 내 위장은 만족할까? 내 배와 심하게 가까운 거리를 유지하던 할아버지는 웃으며 장바구니에서 바나나 한 개를 꺼낸다. 게다가 반가운 영어도 건넨다. "Are you hungry? 배고프니?" 배가 고팠던 것은 사실이지만 민망한 마음에 고개를 격하게 저었다. 아뿔싸! 여기는 불가리아다. 강한 부정은 강한 긍정이 되었다. 흔들리는 버스에서 몸의 중심을 잡기 위해 어쩔 수 없이 바나나를 받아 들고 가방에 쑤셔 넣었다.

감사하다는 인사를 하니 어디에 가냐고 묻는다. 세븐레이크라고 말하니 자신도 사빠레바 바냐에 간다고 대답한다. 하지만 세븐레이크로 올라가는 리프트가 끊겼을지도 모른다며 시계를 보여준다. 나도 안다. 이미 시간은 6시에 가까워지고 있었다. 내가 찾아본 리프트 마지막 운영시간 정보로는 가장 늦은 시각이 6시 30분이었다. 손잡이를 간신히 붙잡고 있는 내 손가락처럼 성수기에 살짝 걸치고 있는 날짜에 희망을 위태롭게 걸고 있는 중이었다.

할아버지와 버스에서 내렸다. 사빠레바 바냐에 도착했다고 해서 바로 세븐레이크가 있는 릴라 국립공원으로 들어갈 수 있는 것은 아니다. 여기서 다시 버스나 택시를 타야 된다. 여기서 하루 자고 내일 아침 일찍 세븐레이크에 오를지 아니면 이곳에서 바로 세븐레이크로 갈지 잠시 고민했다. 할아버지는 여기저기 전화를 걸더니 리프트 이용시간이 끝났다며 원하면 자기 집에서 자고 가라고 따뜻한 제의를 했다. 이제 나도 어느 정도는 불가리아 언어에 익숙했다. "네"라고 대답하며 부드럽게 고개를 끄덕였다. 지구어를 구사하는 외계인의 모습이 신기했는지 노신사는 웃는다. 택시회사에 전화를 걸어준다고 했다. 대신 나는 버스를 어디서 타냐고 물어봤다. 버스는 정해진 시간에 규칙적으로 출발하는 게 아니라 가려는 사람이 7명 채워져야 출발한다고 했다. 할아버지가 가리킨 버스는 승객은 물론 버스기사도 없이 주차장에 세워져 있었다. 이 시간에 승객 7명 모으는 것은 여기서 드래곤볼을 모으는 것보다 가능성이 없어 보였다. 다시 여기저기 전화를 걸더니 택시는 20분 뒤에 도착한다고 했다. 할아버지는 15레바를 내면 된다고 알려주면서 자신의 집으로 향했다. 유일하게 외계어를 할 줄 아는 지구인을 떠나보내니 아쉽다. 아쉬운 마음을 정말 고마웠다는 인사로 표현했다.

택시를 타고 산을 올랐다. 기사는 급하게 산을 빙글빙글 올라가면서 어디론가 전화를 건다. 신나게 통화한다. 호구를 잡았다고 친구들에게 오늘 저녁 술을 거하게 사겠다는 호방한 기운이 느껴져 내심 불안했다. 하지만 15레바만 주면 된다는 친절한 지구인의 조언을 기억했다. 기사가 나에게 휴대폰을 건넨다. 수화기 건너에서 나오는 앳된 목소리는 외계어를 할 줄 아는 어린 지구인이었다. 지구인과의 교신이 시작됐다.

"안녕하세요? 저는 택시기사의 아들입니다. 아버지가 언제 사빠레바 바냐로 돌아오는지 궁금해합니다. 그때도 아버지 택시를 이용해주세요. 지금 적으실 수 있으신가요? 제 휴대폰 번호는 XXX-OOOO입니다. 다시 내려가실 때 이 번호로 전화 주시면 제가 아버지께 연락할게요. 30분이면 도착합니다."

"내일 사빠레바 바냐로 다시 돌아오긴 합니다. 하지만 언제가 될지는 확실하지 않네요. 내일 내려올 때 전화를 드리겠습니다."

그렇게 어린 지구인과의 교신도 성공적으로 마쳤다. 아들한테 배웠는지 영어로 "Tomorrow내일, Telephone전화, This number이 번호."를 반복하는 기사에게 약속된 금액을 지불하고 세븐레이크 입구로 급하게 뛰었다. 택시에 내릴 때쯤 시계는 6시 25분을 가리키고 있었다. 리프트가 멈춰있는 것을 보면서도 허겁지겁 뛰었다. 리프트는 오후 4시에 이미 운행을 마친 상태였다.

이 앞에는 숙소도 없고 사람도 없었다. 굶주린 산짐승만 있을 가능성이 많아 보였다. 해가 지기 전에 산 정상에 올라가야 했다. 6월 말, 불가리아의 해는 늦게 지지만 산의 경우는 다르다. 여기서 무리하더라도 빠른 걸음으로 어떻게든 올라가야 했다. 리프트를 따라 올라갔지만 길이 막혀 올라가고 내려가기를 번갈아 하며 넘어지고 미끄러지기를 반복했다. 리프트가 있어서인지 사람의 손을 타지 않아 길이 무척 험했다. 내가 가는 길이 곧 길이 되는 산이었다. 백두산보다 높은 산이어서 그런지 숨은 금방 차올랐지만, 다행히 고산병 증세는 나타나지 않았다. 고산병이 없다는 것은 이미 네팔에서 확인했었다. 그때도 몸져누워있는 등산객을 뒤에 두고 셰르파와 축구하며 놀았던 기억이 떠올랐다.

'릴라'라는 이름은 트라이키어로 '많은 물'을 의미하는 'roula'에서 유래했다. 릴라산에 세븐레이크라는 일곱 개의 호수가 있다. 7개의 호수는 그 생긴 모양을 본떠 이름이 붙여졌다. 클로버를 닮은 '트릴리스티카', 콩팥을 닮은 '버브레카' 등 각각의 이름들이 그 호수의 특징을 말해준다. 눈물 호수라고 불리는 '설자타' 호수에서는 7개의 호수를 한눈에 조망할 수 있다.

    세븐레이크에는 두 개의 산장이 있다. 1시간이 조금 넘는 빠른 산행을 마치니 첫 번째 산장이 눈에 보인다. 단체로 수학여행을 왔는지 산장 베란다에서 여고생들이 나를 반긴다. 힘든 삶을 마치고 천국에 오르면 예쁜 천사들이 나를 이렇게 반겨줄까? 설레는 마음으로 가까이 다가갔다. 천사의 언어를 하는 줄 알았더니 나를 보고 "재키 창! 성룡의 영어식 이름"을 외치고 있었다. 부담스러웠다. 그들이 있는 숙소로 들어가기 싫었다. 여기뿐만 아니라 곳곳에서 동양인만 보면 재키 창, 브루스 리를 외치는 일부 서양인들의 무식함이 거북스러웠다. 지도를 보니 나머지 산장은 리브노토에 위치하고 있었다. 아직 해가 보인다. 해는 비록 산 아래 푹 꺼진 곳에 있었지만, 고산병이 뭔지 모르는 몸은 크게 지치지 않았다. 부지런히 다시 산을 올랐다.

물고기 호수라고 불리는 리브노토는 정말 아름다운 호수였다. 고요한 호수는 경이로운 풍경을 만들어내고 있었다. 호숫가에 아담한 산장이 자리를 지키고 있었다. 처음에 만났던 릴스키 에제라 산장은 크고 시설이 좋아 보였지만 이곳에 세뎀테 에제라 산장은 작고 허름해 보였다. 그래도 지붕이 있는 곳에서 잘 수 있다는 사실에 감사했다. 숙소에 들어가기 전 호숫물을 벌컥벌컥 들이켰다. 주인은 내 빈손과 작은 가방을 두 눈으로 살펴봤음에도 굳이 텐트가 있냐고 물었다. 없다고 하자 오늘 30인실이 남아있다고 했다. 소피아에서 여행객들로 가득 찬 20인실에서 밤을 보낸 기억이 떠올랐다. 옥탑방에 일렬로 펼쳐져 있는 20개의 매트리스가 난민수용소 혹은 전쟁터의 군 병원 막사를 떠올리게 했다.

　궁금한 마음으로 30인실에 들어섰다. 10평 남짓한 공간에 베개가 15개 놓여 있다. 그 위로 큰 판자가 놓여 있고 그 위에는 다시 15개의 베개가 놓여 있다. 한 층마다 15명이 누울 수 있는 거대한 2층 침대 같은 구조였다. 포로수용소나 독재국가의 정치범 수용소를 보는 듯했다. 나치의 유대인 가스실이 생각나 가스가 나올만한 구멍이 없나 살펴보기도 했다. 대신 대충 보기에도 이불을 열 겹 이상 뒤집어쓰고 있는 설인 같은 투숙객이 벽을 맞대고 엎드려 있었다. 소피아의 꽉 찬 방과는 다르게 방을 같이 쓰는 사람도 단 한 명뿐이었다. 한쪽 구석에 가방을 던져 놓고 식당으로 향했다. 엄청난 속도로 뛰어 올라와 땀이 흘렀음에도 추운 날씨 때문에 나는 따뜻한 수프가 먹고 싶었다. 결국, 그 날 하루 동안 먹은 거라곤 불가리아식 핫도그 하나와 수프 두 접시였다.

 이 힘겨운 날의 마지막 고생은 매서운 추위가 지배하는 방에서 밤을 지새우는 일이었다. 사실 식당에서 나의 옷을 보고 사람들이 수군대긴 했었다. 겨울잠을 자는 곰처럼 쓰러져 있던 룸메이트의 모습이 이제야 이해가 됐다. 게임에서도 제일 강한 적은 가장 마지막에 나온다. 나도 천이라고 느껴지면 죄다 잡아끌어 몸을 덮었다. 가방에는 옷이 없었다. 여름 기온의 지역만 여행하다 보니 두꺼운 옷이 없었다. 게다가 소피아 숙소에 큰 배낭을 맡기고 작은 가방에 짐을 다시 꾸리면서 이번 산행은 별거 아니라고 생각했던 안일함이 문제였다. 가방 안에는 반팔 한 장, 긴팔 하나 그리고 바람막이 한 벌만 채워 넣었다. 주변의 이불을 최대한 모았다. 심지어 가방을 비우고 얼굴에 뒤집어써 보기도 했다. 장갑처럼 양말에다가 손에 넣은 탓에 손 움직임이 불편했지만 잡히는 대로 몸을 감쌌다.

처절한 생존 방법이었다. 영화 〈레버넌트: 죽음에서 돌아온 자〉 제작사에서 관객을 대상으로 마련한 혹한기 체험 행사에 참가한 기분이었다. 흔히 최전방에서 군 생활을 한 남자들의 일화 중 소변을 보는 동안 소변 줄기가 언다는 당최 믿을 수 없는 이야기가 믿어지기 시작했다. 숨을 쉴 때마다 내 입김이 얼어 이불 끝에 서리가 맺혔다. 추위와 사투를 벌이며 어떻게든 체온을 높여야 했다. 체온을 높일 겸 오른손을 감쌌던 양말을 벗고 유서가 될 가능성이 높은 일기를 써보려했다. 하지만 볼펜 잉크마저 얼어 있었다. 중2병만큼이나 위험하다는 새벽 감성을 집어넣고 가방 옆 주머니에 쑤셔 넣었던 바나나를 꺼냈다. 삶의 마지막일지도 모르는 순간에 노란 바나나는 얼면 갈색이 된다는 사실을 깨달았다. 이 혹한의 기온 속에서 열대과일을 먹고 있는

모습이 우스꽝스럽다. 내가 그렇게 부스럭대는데도 반대편 구석에서 웅크리고 있는 곰은 미동조차 하지 않는다. 혹시나 하는 마음에 콕 찔러보고 싶었지만, 산 정상에서 시체를 치우기 싫어 모른 체했다.

  짙은 어둠이 옅어지는 걸 확인한 뒤 냉동창고 같은 방을 벗어났다. 큰 솥에서 펄펄 끓고 있는 수프를 한 번에 들이키고 싶었다. 하지만 아직 식당 문은 열지 않았다. 화장실이 밖에 있는 훌륭한 환경 덕분에 산장 밖으로 나섰다. 입구에 있는 온도계 수은은 −20에도 못 미치는 난쟁이를 표현하고 있다. 영하 20도보다 낮은 기온에 얇은 긴팔 옷으로 버틴 사실이 은근히 뿌듯했다. 산장 주변에 텐트들이 군데군데 흩어져 있다. 거센 바람에 텐트가 출렁인다. 아침에 미라를 몇 구 볼 수도 있겠다는 생각이 들었다.

잠도 깰 겸 호숫물로 얼굴을 비비고 양치질을 했다. 머리는 죽어도 감을 자신이 없었다. 혹시 얼굴이 얼지 않을까 다시 숙소로 급하게 들어오니 정말 누가 봐도 산장주인 같은 생김새를 한 주인이 잘 잤냐고 묻는다. 얼어 죽을 뻔했다고 대답하자 살아있어 다행이라고 건조하게 말한다. 주인은 영혼마저 얼어붙은 모양이었다.

수프가 끓는 냄새가 얼어붙은 내장을 녹이는 순간 위장의 포효가 우렁차다. 식당 문을 힘차게 열었다. '나에게 뜨거운 수프를 대령하라! 따뜻해선 안 된다! 반드시 뜨거워야 된다!' 어제 무심하게 나를 쳐다봤던 사람들이 다시 수군대는 듯하다. '뜨거운 게 그리도 좋으면 새벽에 불같은 지옥이나 가지. 왜 그리 살려고 발버둥 친 게냐.' 묻는 표정인 듯했다. 그중 한 남자가 정말 이런 차림으로 이곳을 온 거냐고 묻는다. 그렇다고 대답하자 "굿 럭!"이라며 내 어깨를 토닥였다. 모두 따뜻한 방한용 등산복 차림이다. 식당 안의 내 모습이 마치 관악산에

온 알록달록한 등산객 사이에서 오이를 팔러 나온 허름한 차림의 아르바이트생 같았다. 수프와 빵 두 조각을 받아 들고 빈 식탁으로 향했다. 최대한 강해 보이게 걸음을 걷고자 했지만, 어제 산에 오르면서 밑창이 떨어진 운동화가 도와주지 않는다.

짐을 챙기고 7개의 호수를 구경하러 나섰다. 본의 아니게 일찍 서두른 까닭에 사람이 없었다. 신발 한쪽이 성하지는 않았지만, 정상까지 올라가 보기로 마음을 먹었다. 올라가는데 노년의 나이로 보이는 여성 등산객이 나를 보고 반가워한다. 저승사자인가 생각했다. '결국 여기서 나를 찾았구나. 저승사자는 인간의 모습을 하고 나타나는구나.'

길을 비켜주려 길가에 빗겨 서 있는 내게 인사를 한다. 나도 웃으며 인사를 건네자 질문을 한다.

"너 어느 나라에서 왔니?"

"한국에서 왔어요."

"한국 어디? 남한? 북한?"

한국인이 여행할 때 꼭 듣는 질문이다. '한국 사람과 대화하는 방법'이라는 책이 있다면 맨 첫 페이지에 나오는 대화 방법일 게다. 마치 우리나라 영어 교과서에서 "How are you?" 라고 물으면 "Fine. Thank you. And you?"라고 대답하라고 가르치듯 어느 나라를 가든지 한국에서 왔다고 하면 북한인지 남한인지 자주 질문한다. 식상하다. 진부하다. 판에 박혔다.

"당연히 남한이지요."라고 대답하며 내 갈 길을 가려 발걸음을 옮기는데 여자는 내게 의외의 대답을 했다.

"난 네가 북한에서 왔으면 좋겠다고 생각했어."

'하긴 그렇게 생각할 수도 있겠다.' 라고 단순하게 생각했다. 마치 내 행색이 밤사이 압록강을 몰래 넘은 탈북자 같았기 때문이다. 하지만 더 의외의 말이 그 여자의 입에서 튀어나왔다.

"난 사실 젊었을 때 북한에 살았었어."

사연을 물었다. 자신은 젊었을 때 북한의 한 대학에서 강의를 했다고 했다. 사실 불가리아는 남북한 동시 수교국으로서 조선민주주의인민공화국과는 1948년, 대한민국과는 1990년 3월 23일 외교관계를 수립했다. 공산주의 국가였던 탓에 북한과의 수교가 우리나라보다 더 앞서 있다. 책에서 읽은 불가리아의 첫 한국 이민자 이야기가 떠올랐다.

1962년 불가리아에서 유학 중이던 4명의 북한 학생이 망명 신청을 한다. 최 씨 성을 가진 두 사람과 이 씨 성을 두 사람 모두 이 네 사람은 북한의 김일성 독재를 비판하는 성명서를 발표한다. 갖은 고난 끝에 도망쳐 불가리아 한 시골 마을에 약 30년 동안 숨어 살게 된다. 북한은 지속적으로 이 네 사람의 북한 송환을 불가리아에 강하게 요청했으나 불가리아 정부는 지속적으로 거부한다. 이 때문에 북한은 불가리아와 6년 동안이나 국교를 단절했다. 이 네 청년이 낸 성명서에는 김일성이 아주 싫어하는 내용이 담겨 있었다. 내용을 보면 '김일성 독재는 민족에 대한 반역이다. 김일성 선집보다 성경을 읽는 편이 낫다.' 등등 독재자를 매우 불쾌하게 만드는 내용들이었다. 이후 최 씨 두 명은 불가리아 국적을, 이 씨 두 명은 한국 국적을 취득한다. 대한민국 국적을 취득한 이 씨 두 명으로 인해 대한민국의 불가리아 이민 역사가 시작되었다.

저승사자인 줄 알았는데 역사의 한 현장에 있었던 산 증인을 만났다. 나의 처참한 몰골과 허름한 행색이 이 할머니의 추억을 되살린 듯했다. 내 사진을 찍어주겠다며 포즈를 요구한다. 영정사진이 될지도 모르는 사진을 찍었다. 그리고는 자신의 십자가 목걸이를 나에게 걸어주었다. "예수님께서 너를 지키실 거다." 라고 말하며 내 손을 움켜쥐었다. 얼지 않기 위해 부단히 노력에도 불구하고 떨리기만 했던 내 몸안에서 알 수 없는 뜨거움이 끓어올랐다.

"북한의 백두산에도 이런 호수가 있어."라고 여자는 내게 말한다. 알고 있다고 대답했다. 자신이 살아있는 동안 북한에 다시 가고 싶다는 이야기를 꺼냈다. 통일이 되면 같이 가보자고 지킬 수 없는 약속을 했다.

> —— 급한 마음 짊어지고 올라와 숨이 차고,
> 추운 바람 이겨내려 따스한 숨을 뱉고,
> 산이 품은 아름다운 광경에 숨이 멎다.

첫 산장에서 든든하게 늦은 점심을 먹으며 한가롭게 세븐레이크 여행을 어쭙잖은 시로 정리할 정도로 여유가 생겼다. 이른 새벽에 얼려두었던 새벽 감성이 해동되어 만든 희대의 졸작이다. 이불을 걷어찰만큼 창피한 수준이지만 당시에는 기분이 좋았다. 그 매서운 추위에 잃었다 생각했던 내 삶의 의지를 발견할 수 있었다. 산장의 시설도 아주 맘에 들었다. 첫 산장을 그냥 들어갔다면 아주 편안하게 잘 수 있었겠다는 아쉬움이 들 만큼 좋은 시설을 갖추고 있었다. 알량한 자존심이 문제였다. 마지막 산장은 임시 대피소 같았다면 첫 산장은 휴양지의 리조트와 같은 큰 시설 차이를 보이고 있었다. 리프트를 타고 산을 내려왔다. 힘들게 올라온 길을 높은 곳에서 바라보니 어제의 내 모습이 파노라마처럼 흘러간다. 사소한 이유 때문에 그 고생을 했지만, 그 고생을 하지 않았다면, 편하게 이곳을 여행했다면 깨우치지 못했던 것들이 있다. 다시 어제로 돌아간다 하더라도 난 같은 선택을 하리라. 어제와 달리 오늘은 왠지 예감이 좋다. 덜렁거리는 신발 밑창도 산바람에 산들산들 휘날린다.

입구에서 히치하이킹을 시도했지만 올라가는 차만 있을 뿐 내려가는 차가 없었다. 불운은 폭풍처럼 한꺼번에 들이닥쳐도 행운은 띄엄띄엄하다. 한 기념품 가게의 꽤 젊은 나이로 보이는 여주인이 나를 보고 웃는다. 나도 가장 선한 미소를 띠며 정중하게 한마디 건넸다.

"전화기 좀 빌릴 수 있을까요?"

어제 메모한 기사 아들의 번호로 전화를 걸었다. 휴대폰을 돌려주며 고맙다고 인사를 하는데 작은 꿀단지를 보여준다. 상술에 제 발로 낚였다고 생각했는데 선물이란다. 나는 비록 민폐의 상징이지만 규칙이 있다면 한 사람에게 두 번 신세를 지지는 않는다. 인당 한 번꼴이 적당하다. 두 번 신세를 지면 정든다. 그래도 한사코 꿀이 흐르는 숟가락을 들고 한입 권한다. 국립공원에서 채취한 꿀은 정말 진한 맛이

었다. 가장 작은 병이 얼마냐고 묻자 손사래를 친다. 오히려 물어봐 준 것만으로도 감사하다며 인사를 꾸벅한다. 소피아에서 언론을 공부하고 있는 학생이라고 했다. 방학 때면 고향인 이곳에 와서 리프트 티켓을 판매하고 쉬는 날은 이렇게 기념품 가게에서 일을 한다고 했다.

대화 중간에 택시가 도착했다. 택시 기사는 다시 만나서 반갑다며 사빠레냐 바냐 시내를 공짜로 구경시켜주겠다고 했다. 사빠레냐 바냐는 온천으로 유명한 도시다. 어제의 매서운 추위를 뜨거운 온천의 기운으로 달랬다. 정각마다 두쁘니차로 가는 정류장 앞에 결혼식이 열리고 있었다. 가족 중에 한 명이 나에게 와인 한 잔을 가져다준다. 무뚝뚝하고 냉랭한 불가리아 사람들이 정이 들면 더할 나위 없이 친근하고 따뜻하게 사람을 대한다고 한다. 세븐레이크 여행은 나에게 불가리아의 따뜻함을 느끼게 해 준 일정이었다. 장미로 유명한 나라 불가리아. 장미꽃을 거꾸로 든 모습이 불가리아 같았다. 가시의 따가운 경계심을 천천히 훑고 내려가면 붉고 아름다운 장미가 향기를 발하는 그런 모습이었다.

불가리아의 고즈넉함

- 벨리코 타르노보

　고즈넉한 중세 유럽 도시라는 다소 식상한 수식어를 대체할 다른 어떤 단어도 생각나지 않을 만큼 중세 유럽의 모습을 고스란히 담고 있는 한적한 마을이다. 불가리아 왕국의 옛 수도이자 천연 요새인 이곳에는 세 개의 큰 언덕과 작은 언덕들이 있다.

　언덕 위에 지은 도시라 언덕 위에서는 1층이었던 건물이 반대편 언덕 아래에서는 3층 건물이 된다. 차르베츠 언덕에 숙소를 잡고 차르베츠 요새에 올라 성모승천교회와 40인의 순교자교회를 둘러보았다. 전통 공방거리인 사모보드스카 챠르샤에 들러 장인의 손길을 훔쳐보기도 했다. 이곳은 불가리아의 전통을 그대로 담고 있는 도시였다.

　도시의 전경 또한 느긋한 아름다움을 지니고 있었다. 얀트라강의 흐름을 따라 작은 마을이 곳곳에 자리 잡고 있었다. 도시를 감싸고 있는 푸른빛은 마음마저 느긋하게 만든다. 도시 어느 곳에 있든지 상관없다. 모든 곳이 평화롭고 아늑한 분위기를 자아내고 있다.

기차여행의 매력

　루마니아로 가기 위해 기차표를 구매했다. 특이하게도 불가리아 벨리코 타르노보에서는 루마니아행 기차표를 우체국에서 팔고 있었다. 택시를 타고 도착한 기차역에서 기차를 기다렸다. 낯선 목소리가 "헤이"라며 나를 부른다. 내 눈동자에 악수를 청하듯 눈 바로 앞에서 손을 흔든다.

　숙소에 같이 묵었던 핀란드 여행자 2명이다. 이럴 줄 알았으면 미리 숙소에서 동승자를 찾아 택시를 같이 타고 올 걸 그랬다. 이들 손에는 간식거리를 담은 비닐봉투가 들려져 있었다. 불가리아 돈이 많이 남아서 샀냐고 물었더니 불가리아와 루마니아 기차는 연착이 많이 되어 간식거리는 필수라고 했다. 그렇게 철저한 준비성을 자랑하던 핀란드 여성들은 막상 부큐레슈티 가는 기차표가 없었다. 기차가 자주 연착된다는 사실은 알았지만, 루마니아행 기차표는 기차역에서 살 수 없다는 사실은 몰랐다. 그들은 국경 근처까지 간 다음 그곳에서 다시 열차표를 구매해야 했다.

기차가 예상시간에 맞춰 들어왔다. 설렌다. 나는 기차에서 보내는 시간을 정말 좋아한다. 사실 기차 안에서 딱히 하는 일은 없다. 밀린 일기를 쓰거나 갑자기 떠오르는 생각들을 기록한다. 그러다 스스로에게 낮잠을 제안하고 거절당하는 일을 반복한다. 차창으로 흘러가는 풍경이 신기하지만, 차츰 식상해진다. 그러다 상념에 잠긴다. 과거의 기억이 찾아와 나를 괴롭히기도 하고 뜬금없는 기억이 찾아와 아름다운 추억인 것처럼 행세한다. 이러다 보면 다음 역에 도착한다. 그럼 내 앉은키와 비슷한 키를 가진 아이가 엄마 손을 이끌려 통로를 걸어온다. 자연스레 눈이 마주친다. 아이와 눈인사를 하면 아이는 엄마 뒤로 숨거나 시선을 피한다. 이런 식의 흐름이 프랑스 예술영화처럼 길게 반복된다. 차창에서도 산, 들, 하늘이 지속적으로 펼쳐지며 프랑스 예술영화 같은 장면이 계속 상영된다. 그래도 일정한 박자로 덜컹거리는 철통 위에서 느끼는 유쾌한 쓸쓸함이 좋다.

반쯤 빈 열차 안의 적막한 공기. 철로 만든 바퀴가 바깥 철로와 부딪히며 일정한 박자로 경쾌한 소리를 낸다. 그리고 일기장에 연필로 글을 쓰는 소리가 들린다. 그 사각사각 소리가 좋아 일부러 박자를 맞춰 음악을 연주하듯 연필심을 종이에 긁어보기도 한다. 작은 소리가 사각형 공간을 지배하는 정적인 분위기가 참 아늑하다.

기차는 생각하기에 아주 좋은 장소다. 생각에 집중하지 않음으로 되레 생각이 깊어지고 다른 풍경이 창가에 스칠 때마다 생각을 넓어진다. 다양한 생각들은 때론 다양한 풍경을 필요로 한다. 그런 의미에서 기차는 생각하기 가장 적합한 공간이다. 기차도 고정된 레일 위를 달려야만 하고 나도 어쩌면 정해진 길을 가는 것 같아 때론 답답하다. 벗어날 수 없는 그 길 위에서도 우리는 다양한 풍경을 만나고 다양한 생각을 만난다. 이게 살아가게 하는 작은 위로다.

어디론가 떠나는 시간 속에서 여행자는 자신의 내면으로 되돌아간다. 기억해야 할 생각이나 감각들을 다시 만나는 회귀의 공간이다. 잡히지 않고 부유하는 온갖 상념과 개념들이 정리되어 각자 제자리를 찾아가는 작은 기적을 종종 경험한다. 흩어진 생각의 조각들이 이어지기 시작한다. 제대로 포착되지 못했던 무질서한 기억들에 일정한 질서와 논리를 부여한다. 정착되지 못한 생각들이 정리되고 정돈되어 정립되는 공간. 도시의 거죽만 훑고 지나가는 공간 안에서 세심하게 생각을 되짚어 보고 감각의 세포들은 민감해진다.

스위스의 작가 알랭 드 보통은 여행의 기술에서 기차여행에 대한 사랑을 이렇게 표현했다.

"여행은 생각의 산파이다. 움직이는 비행기나 배나 기차보다 내적인 대화를 쉽게 이끌어 내는 장소는 찾기 힘들다. 우리 눈앞에 보이는 것과 우리 머릿속에서 떠오르는 생각 사이에는 기묘하다고 할 수 있는 상관관계가 있다. 때때로 큰 생각은 큰 광경을 요구하고, 새로운 생각은 새로운 장소를 요구한다. 다른 경우라면 멈칫거리기 일쑤인 내적인 사유도 흘러가는 풍경의 도움을 얻어 술술 진행되어 간다.

모든 운송수단 가운데 생각에 가장 큰 도움을 주는 것은 아마 기차일 것이다. 배나 비행기에서 보는 풍경은 단조로워질 가능성이 있지만, 열차에서 보는 풍경은 그럴 가능성이 전혀 없다. 열차 밖 풍경은 안달이 나지 않을 정도로 빠르게, 그러면서도 사물을 분간할 수 있을 정도로 느리게 움직인다. 어쩌다 사적인 영역들이 흘끗 눈에 띄어 영감을 얻기도 한다.

평야를 가로질러 여행하면서 나는 드물게 아무런 억제 없이 아버지의 죽음을 생각하고, 집필 중인 스탕달론을 생각하고, 나의 두 친구 사이에 형성된 불신을 생각한다. 내 정신이 어려운 관념에 부딪혀 텅 빌 때마다 의식의 흐름은 창밖의 대상에 달라붙어 몇 초 동안 그것을 따라간다. 그러다 보면 또 새로운 생각의 똬리가 형성되어 아무런 어려움 없이 술술 풀려나가곤 한다.

몇 시간 동안 기차를 타고 꿈을 꾸다 보면, 나 자신에게로 돌아왔다는 느낌이 들기도 한다. 즉 우리에게 중요한 감정이나 관념들과 다시 만나게 되었다는 느낌이 드는 것이다."

남 탓하고
내 멋대로 행동하기

음악을 듣는 귀가 간지럽다. 이어폰을 빼고 살펴보니 이어폰 구멍에 먼지가 끼어있다. 물수건을 꺼내 일기를 쓰던 연필을 감싼다. 이어폰의 먼지를 벗겨내 보고자 했다. 그러다가 소리가 나오는 얇은 막에 구멍이 뚫려버렸다.

하아……

많은 사람들. 특히, 나의 문제가 또다시 드러났다. 어떤 불편한 문제가 발생하면 외부요인을 뒤져 문제로 보이는 것들 중 하나를 주요요인으로 판단해 강압적으로 몰아세운다. 해결책도 내가 멋대로 결정한다.

결국, 망한다.

　이런 인생의 과오를 오늘 난 또 반복했다. 우울한 기분으로 또 창밖을 바라보았다. 한 승무원이 나에게 어디로 가냐고 말을 건다. 부쿠레슈티로 간다고 대답하자 칸을 옮겨야 한다고 이야기한다. 내 옆에 앉은 핀란드 여자들에게 말을 건다. 핀란드 여행자는 아이에게 이야기하듯 아주 천천히 부쿠레슈티로 가고자 하지만 표가 없다고 말하며 다음 역에서 표를 살 수 있냐고 묻는다. 승무원도 마치 불가리아의 대화 규칙처럼 아주 천천히 10분 정차하는 동안 사서 돌아온다면 가능하다고 대답한다. 역에서 한 여자는 짐을 맡고 비교적 날쎄 보이는 여자가 뛰기 시작한다. 옮긴 뒤 칸에서 나는 그들의 자리를 부탁받아 맡아두고 소리 없는 응원의 함성을 던졌다.

　그들은 다행히 표를 샀고 우리들의 조촐한 파티는 시작되었다. 그
들은 상점에 있는 모든 물건을 긁어모아 피난 열차에 오른 듯했다. 술
과 과자, 빵이 비닐 봉투에서 잔뜩 쏟아져 나왔다. 그들이 준 술과 과
자를 놓고 다시 창밖을 바라보았다. 해바라기밭이 지평선까지 길게
늘어서 있다. 이어폰을 뺐지만, 아직도 귀는 간지럽다. 아마 이어폰에
낀 작은 때가 귀가 가려운 원인은 아니었다는 생각이 든다.

　핀란드 여행객이 남은 과자 꾸러미를 나에게 내민다. 기차에서 모든
음식을 다 처리하고 갈 기세다. 막상 문제도 아니었던 문제의 대응책
은 이제 그들에게 숙제로 바뀌었다. 문제를 정확히 인식하는 것. 그것
이 최적의 해결점을 찾는 방법이 아닌가 생각해본다. 나를 실은 객차
는 동력차를 바꿔 국경을 넘는다. 기차가 분리되고 다른 동력차와 결
합하는 모습을 바라본다. 나도 이제 다른 방식으로 삶의 문제를 바라
보기를 덩달아 바라본다.

루마니아의 수도
- 부쿠레슈티

부쿠레슈티의 날씨는 더운데 기운이 차갑고 음침하다. 낡은 흑백 사진 속을 걷는 느낌이다. 1977년에 대지진이 일어나 많은 건물을 대대적으로 다시 지었다고 하는데 왜 이렇게 도시를 정비했는지 의문이다. 이 시대의 이 지역 건축가들은 심한 우울증을 앓았음이 틀림없다. 숙소가 어두운 골목에 위치하고 있어서 더욱 암울한 분위기를 더한다.

숙소에 도착하니 숙소 주인은 나에게 몇 번이나 연락을 했었다고 한다. 여행 중에 이메일을 잘 보지 않는 나에게 이메일로 연락했으니 답을 할 수가 없었다. 그도 이메일 아니면 다른 선택지는 없었기에 내 잘못이다. 이유를 물었다. 아주 쓸데없는 걱정 때문에 연락을 했었다. 나는 혼성 6인 도미토리를 예약했다. 나를 제외한 모든 투숙객이 여자였다. 게다가 같이 여행 온 여자 5명이라고 했다. 혹시 불편하면 이곳에는 남은 객실이 없으니 다른 숙소를 예약하라는 연락을 했다고 한다. 나는 오히려 나와 방을 같이 쓰게 되는 여자들이 오히려 더 불편하지 않을까 물어보았다. 여자들은 모두 괜찮다고 했다는 기쁜 소식을 전했다.

루마니아 북부 지방에서 단체로 여행 온 루마니아 여대생들이 그 방을 쓰고 있었다. 나를 전혀 남자로 생각하지 않는지 옷차림이 너무 편안하다. 한국에서 왔다고 하니 반가워한다. 그들은 헐렁대는 상의 안으로 출렁대는 가슴이 보이는 것쯤이야 신경 쓰지 않았다. 2층 침대에 올라 걸터앉아 있는 내게 먼저 말을 건다. 그리고 대화를 잇기 위해 아는 영어를 총동원한다. 사실 루마니아는 동유럽에서 한류열풍이 가장 처음 시작된 곳이다. 나도 그 기류에 자연스럽게 편승했다. 부쿠레슈티는 '행복이 샘솟는 곳'이라는 의미를 갖고 있다. 나는 '부쿠레슈티'에 왔다.

📍 4개월 3주 그리고 2일

다음 날, 부쿠레슈티의 느낌은 전날과 많이 달랐다. 루마니아인들은 자신들을 숲의 형제며 친구라고 소개한다. 수도 부쿠레슈티 안에도 숲과 공원이 동서남북으로 광대하게 펼쳐져 있다. 신기하게도 공원마다 우리나라의 국화國花인 무궁화가 참 많았다. 혁명 광장으로 발걸음을 옮겨 시내 구경에 나섰다. 이름에 '국립'이 붙은 건물이나 정부 소속 빌딩들은 웅장하고 화려했다.

4개월 3주 그리고 2일은 내가 지금까지 여행한 기간이 아니다. 사실 '루마니아' 하면 내 머릿속에 가장 먼저 떠오르는 인물은 '차우셰스쿠'다. 그는 1965년 집권하여 1989년까지 악랄한 독재 정치를 실시하였다. 그는 테러와 독재로 일관하며, 국민을 감시하고 억압하는 철권 통치를 하였다. 차우셰스쿠는 경제 정책에도 무능했다. 농업국인 루마니아를 무리하게 공업국가로 바꾸는 과정에서 외채가 110억 달러에 육박하자 수입을 전면중단하고 수출만 허용하는 극단적 무역정책을 취했다. 그 결과, 국민들은 생필품 부족으로 고통받게 되었고, 원자재와 기계부속품 부족으로 공장들의 운영이 중단되면서 루마니아 경제는 극심한 침체에 빠졌다. 그럼에도 불구하고 부쿠레슈티를 파리와 같이 근사한 도시로 만들겠다며 구시가지를 통째로 밀어버렸다.

내가 그의 이름을 알게 된 건 크리스티앙 문쥬 감독의 루마니아 영화 〈4개월 3주 그리고 2일〉 때문이다. 부산국제영화제 상영작이기도 했던 〈4개월 3주 그리고 2일〉은 2007년 칸 영화제 황금종려상최우수작

품상을 비롯해 미국 영화비평가협회상, 유럽영화상 등 각종 상을 휩쓸었다. 공산주의 시대 부쿠레슈티 비밀경찰의 부조리를 다룬 이 영화는 여주인공 '가비타'가 불법 낙태를 받는 과정을 담았다. 단순한 낙태 이야기가 아니라 구 소련권이 쇠퇴하던 시기의 생존에 대한 고찰을 보여준다. 공산주의가 몰락하기 직전인 1987년 루마니아 소도시의 대학 기숙사의 룸메이트인 오틸라와 가비타가 이틀 동안 겪은 이야기다. 영화의 제목인 〈4개월, 3주 그리고 2일〉은 가비타의 임신 기간을 뜻한다. 원치 않는 임신을 하게 된 가비타. 하지만 '인구=국력'이라고 믿는 루마니아 정부는 지난 1966년부터 여성의 낙태 수술을 법으로 금지했다.

이 영화는 오틸라가 가비타의 낙태를 도와주는 시작과 끝, 즉 과정을 담고 있는 영화다. 롱테이크로 오틸라를 계속 쫓아 다니며 하루 동안 겪어야 했던 사건들을 풀어나간다. 이 영화를 통해 그의 독재를 견뎌야 했던 사람들의 답답함과 억압을 간접적으로나마 관찰할 수 있었다.

이때 불합리한 인구 증가 정책으로 길거리에 버려진 아이들은 아직도 '차우셰스쿠의 아이들'이라 불리고 있다. 낙태와 피임만을 금지한 것이 아니라 결혼한 여자는 배란일에 성관계를 갖도록 법으로 규정했다. 이를 확인하기 위해 여성들은 강제적으로 한 달에 한 번 산부인과에서 수치스럽고 비인격적인 검사를 받아야 했다. 아이를 낳고 키울 환경을 조성하기보다는 비상식적인 정책에 치중하는 모습은 왠지 낯설지가 않다. 결국, 이 무식한 독재자는 자신이 만든 '차우셰스쿠의 아이들'이 주도한 혁명에 죽음을 맞이하게 된다.

📍 차우셰스쿠의 몰락

불가리아와 다르게 루마니아는 유혈혁명으로 민주주의를 맞이하게 된다. 1989년 12월 17일 티미쇼아라에서 민주화를 주도하던 헝가리계 개신교 목사 라슬로 퇴게시 신부의 강제퇴거를 규탄하는 항의 시위가 발생한다. 이를 시작으로 전국적으로 민주화 운동이 일어났다. 12월 21일, 부쿠레슈티 시민들도 민주화 운동에 가담했다. 구 공산당 건물 발코니에서 차우셰스쿠는 광장에 몰려있는 시민들에게 연설한다. 이때 누군가 차우셰스쿠는 물러나라는 구호를 외쳤고, 군대는 무차별적인 사격으로 제압했다. 그러나 12월 22일 차우셰스쿠가 그의 친위대인 세쿠리타테만 편애하는 것에 대해 불만을 가지고 있던 군대가 등을 돌려 시민 편에 합세함으로써 차우셰스쿠의 세쿠리타테는 진압당한다.

위기감을 느낀 차우셰스쿠는 헬리콥터로 북한까지 도망치려고 했다. 탈출을 막고자 했던 헬기 조종사는 헬기로 도망가면 고공 사격을 받는다고 거짓말을 했다. 차우셰스쿠는 결국 차를 타고 도망가기로 결정한다. 첫 번째 차의 기사는 엔진이 타버렸다고 거짓말하고, 두 번째 차의 기사는 농업박물관으로 차우셰스쿠 부부를 데려다주었다. 그곳의 농부는 지켜준다고 거짓말하고, 방에다가 가두어 경찰에게 밀고했다. 그 뒤, 나흘 동안 감금당하고 인근 초등학교에서 재판을 받은 뒤, 1989년 12월 25일 오후 5시 30분에 초등학교 벽에서 150여 발의 총탄을 맞고 사형을 당했다.

루마니아 사람들은 1989년 크리스마스에 광장에 모여 "메리 크리스마스"를 외쳤다고 한다. 1990년 1월 1일, 루마니아는 민주주의 국가가 되었다. 루마니아는 차우셰스쿠 부부의 사형 집행을 끝으로 사형 제도를 폐지했다. 루마니아 역사상 마지막 사형집행을 받은 인물이다.

📍 인민궁전

지금은 국회의사당으로 사용되고 있는 인민궁전. 차우셰스쿠가 북한의 김일성 궁을 보고 감동받아서 세우기 시작했다는 이 건물은 세계에서 가장 큰 행정용 건물이다. 또한, 인류가 지은 건물 중 가장 가치가 높은 건물 중 하나다. 지상 높이 86m, 지하 95m, 12층으로 지어졌다. 핵 벙커시설과 공항이나 국경까지 가는 비밀통로가 440개나 된다. 모든 건축 재료는 루마니아의 국산 재료를 썼다. 3,500여 톤의 수정으로 480개의 샹들리에, 1,409개의 천정용 전구와 거울을 만들었다. 70톤 이상의 철과 청동을 사용했다. 이 중 95% 이상의 목재는 자국에서 충당하였다. 20만㎡의 양모 카펫과 문직으로 짠 커튼과 금은으로 장식한 벨벳 등으로 꾸며져 있다. 가이드와 동행한다는 조건하에 건물 일부만 관람할 수 있음에도 불구하고 그 규모와 화려함이 가히 압도적이다. 궁전에서 연회가 열리면 조명 때문에 당시 부쿠레슈티 절반은 정전이 되었다고 한다.

건물이 완공된 후 차우셰스쿠가 멋지게 자신의 권력을 자랑하려 했던 발코니에 올랐다. 그는 이곳에 서지 못하고 총살당했다. 루마니아 대통령이 역사상 처음으로 우리나라를 방문했던 1994년, 마이클 잭슨은 루마니아에 방문한다. 그는 차우세스쿠가 서보지 못한 이 발코니에 올라섰다. 그의 앞에 모인 군중들을 향해 "Hello, Budapest! 부다페스트, 헝가리의 수도"를 외쳤다. 루마니아 국민들의 비난이 일었다. 하지만 공연은 성황리에 열렸고, 많은 시민들이 그의 공연을 열광적으로 즐겼다고 한다.

부쿠레슈티의 전경을 바라보았다. 가이드는 바람이 싫다며 건물 안쪽으로 들어갔다. 루마니아인들은 바람을 싫어한다고 한다. 오랜 기간 바람을 타고 확산된 전염병 때문에 생긴 풍습이라고 변명했다. 전염병이 없는 지금도 그 풍습은 어렴풋하게 남아있다. 큰 발코니에 혼자 남아 풍경을 바라보니 마이클 잭슨을 보고 열광하는 사람들의 모습이 흐릿하게 그려진다.

　1989년 크리스마스에 "메리 크리스마스"를 외쳤던 시민들의 모습도 겹쳐 보인다. 사람들은 민주주의가 좋다고 해서 민주주의를 열망했지만, 막상 대부분의 사람들은 민주주의가 뭔지 몰랐다는 루마니아 룸메이트의 이야기가 떠오른다. 민주주의가 왔지만 무엇이 민주주의인지 잘 몰랐고, 왜 민주주의가 좋은지도 몰랐다고 한다. 뭔지 모르면 어떠랴. 몰랐던 사실은 깨달으면 되고, 올바른 방향으로 발전하고 진보하는 일이 무엇보다 중요하다.

　바람을 타고 생각의 대상도 옮겨지는 듯하다. 사고 이후, '살았다!'라고 좋아했지만 앞으로 어떻게 살아야 할지 모르는 내 모습이 처연하게 겹쳐진다. 당시 부쿠레슈티 시민들의 주장대로 마이클 잭슨이 여기가 어디인 줄 몰랐던 건지는 확실하지 않다. 이 도시의 이름이 헷갈렸을 수도 있다. 어쨌거나 그럼에도 불구하고 공연을 성공적으로 마친 마이클 잭슨처럼 루마니아의 민주주의도 나도 방향을 잘 찾았으면 하는 바람을 발코니를 휘감고 지나가는 바람에 띄워 보냈다.

다양한 루마니아의 모습
- 브라쇼브

기차를 타고 브라쇼브로 향했다. 브라쇼브는 독일계 작센족이 만든 도시 중 하나다. 이 도시는 오랫동안 헝가리의 지배를 받은 곳이다. 세계 1차 대전 이후 루마니아 영토로 편입되었다. 루마니아, 헝가리, 독일인으로 도시 인구가 구성되어 있어 세 나라의 문화를 모두 볼 수 있는 곳이다. 민족마다 사는 구역이 나누어져 있다. 가장 잘 사는 지역은 독일인, 그다음은 루마니아인, 시내 중심에서 조금 떨어져 있는 곳에는 헝가리인 마을이 있다.

낡은 중앙역에서 내려 4번 버스를 타고 구시가지로 가는 길. 현대식 건물들이 보이기 시작한다. 이내 내가 내릴 통일 광장에 도착하니 중세의 모습으로 도시는 옷을 갈아입었다. 공화국 거리를 따라 스파톨루이 광장으로 향했다. 정말 아름다운 중세 분위기의 도로를 걸으니 유럽에 왔다는 기분이 든다.

스파툴루이 광장에 위치한 숙소에 짐을 풀었다. 숙소에서 일하는 직원의 여동생이 언니를 보러 놀러와 있었다. 여동생은 나와 방을 같이 쓰는 사람 중 한 명이었다. 그녀는 내 가이드를 자청했다. '니키'라고 자신을 소개했지만 숙소 직원인 언니가 갑자기 웃는 걸 보니 왠지 가명을 말해준 것 같았다. 니키의 나이키 신발과 나이키 트레이닝복 바지가 내 의심에 신빙성을 더해주고 있었다. 시내로 나서는 길에 계속 조잘거리며 나를 따라온다. 브라쇼브와 루마니아에 대한 이야기는 내가 질문할 때 대답만 하는 정도였고 대부분이 가족이야기와 자신이 학교에서 얼마나 인기 있는지를 자랑하는 내용이었다. 내가 좋아서 따라왔다기보다는 자신의 영어공부를 위해 나와 같이 다니고 싶어 하는 듯했다. 내가 브라쇼브에 대해서 알고 있는 게 있냐고 물으니 그래도 브라쇼브에 대해서는 누구보다 잘 알고 있다며 걱정하는 나를 안심시켰다.

스파툴루이 광장에서 나와 탐파산 방향으로 난 길을 따라 10분가량 걸으니 옅은 노란색의 스케이 성문Poarta Schei이 보인다. 차가 다닐 수 있는 문 옆으로 사람들이 다닐 수 있는 문이 따로 있었다. 현재의 스케이 성문은 1827년 만들어졌다. 13~17세기 브라쇼브가 작센족의 지배를 받던 시기에 루마니아인들은 성안에서 살 수 없었다. 성벽으로 둘러싸인 스케이 지구에서만 거주할 수 있었다. 그러다가 18세기부터 5개의 성문 가운데 오직 이 문으로만, 그것도 정해진 시간에 통행료를 내고 성안을 오갈 수 있었다. 루마니아인들은 성안에서 어떤 재산도 소유할 수 없었다.

다시 조금 걸어 '스트라다 스포
리STRADA SFORII'에 도착했다. 루
마니아에서 가장 좁은 골목이
다. 동유럽에서는 세 번째로 좁
다. 길이 80m, 폭이 130cm의
골목은 가다 보면 점점 더 좁아
져 니키와 나는 옆으로 나란히
걷다가 결국 앞으로 나란히 걸어
가야 했다. 이 성벽으로 둘러싸
인 이 마을에 화재가 나면 막힌
구조 때문에 불을 수습하지 못
하고 마을 전체가 홀랑 타버리는
일이 빈번했다고 한다. 그래서 이 골목이 화재진압을 위해 만들어졌
다고 한다. 혼자 온 사람들은 양쪽 벽에 손을 짚은 자세로, 연인들은
좁은 골목에서 서로 부둥켜안고 사진을 찍고 있었다. 니키도 남자친
구가 생기면 이곳에서 꼭 같이 사진을 찍고 싶다고 했다. 이곳은 루마
니아 사람들에게 특별한 골목인 듯했다. 사실 서울 종로에만 가도 이
정도 너비의 골목은 수천 개가 있기 때문에 나에게는 큰 감흥이 오지
는 않았다.

케이블카를 타고 탐파산에 올랐다. 케이블카에서 브라쇼브 전경을
바라보는 내게 니키는 브라쇼브에서 얼마 떨어져 있지 않은 로시노브

요새에 대해 이야기해 주었다. 그곳에는 루마니아 사람들에게 아주 유명한 우물이 있다고 한다. 1623년 터키와의 전쟁에서 두 명의 터키 병사가 생포된다. 요새에서 루마니아 사람들은 그들에게 두 가지 선택지를 쥐어준다. 하나는 죽음, 하나는 물이 나올 때까지 우물을 파는 일이었다. 두 포로는 당연히 우물 파는 일을 선택했다. 140m까지 우물을 팠다. 요새의 높이가 120m니 요새 아랫마을까지 땅을 팠다. 1643년, 결국 물을 찾았지만 그들은 얼마 지나지 않아 죽고 말았다. 20년간 우물만 파다가 죽은 것이다. 니키가 물었다.

"혹시 네가 우물만 파다가 죽을 거라는 걸 알고 있다고 가정한다면 넌 무엇을 택할래?"

"흠…… 난 그냥 죽을래. 넌?"

"난 그래도 우물을 파겠어. 그래도 뭘 하나 이루고 죽는 거잖아. 20년 동안 한 곳을 파서 결국 물을 찾는 데 성공했잖아."

듣고 보니 맞는 말 같았다. 한 우물을 파지 못한 채 여기저기 쑤시는 파편의 일생을 살다가 인생이 끝나기도 하고 한 우물을 진득하게 판다 하더라도 아무런 성과 없이 마감하는 삶도 있다. 어쩌면 두 포로는 성공한 인생을 살았다고 생각될 수도 있었다. 그래도 되물었다.

"목숨을 부지하기 위해 우물만 파다가 죽었는데?"

"자신의 목숨을 부지하기 위해 아니면 자신만의 이익을 위해 이기적으로 다른 사람의 우물을 막아 죽이는 사람들도 많잖아. 최소한 그들은 우물을 파서 사람들에게 도움은 됐으니."

니키의 대답에 고개를 끄덕였다. 어차피 우리는 우리가 열심히 파고 있는 인생 끝에 결국 무엇이 나올지 아무도 모른다. 그럼에도 우리는 발아래 땅을 부지런히 헤집고 파내려가며 살아간다. 결국, 파봐야 무엇이 숨어 있는지 알 수 있기에, 살아봐야 우리 인생이 어떤 의미가 알 수 있기에 지독한 미련함으로 인생을 감내하곤 한다.

케이블카에서 내려 조금 걸어 올라갈 때까지 우리는 대화를 이어갔다. 우리처럼 케이블카를 올라온 사람도 있는 반면 운동복을 입고 뛰어 올라오는 사람도 보인다. 케이블카를 타고 왔다고 해서 뛰어 올라온 사람보다 훌륭하다고 할 수 없듯이 우리의 삶도 참 복잡 미묘하다.

전망대에 오르니 할리우드처럼 'B' 'R' 'A' 'S' 'O' 'V'라고 쓴 거대한 흰색의 글자판 6개가 탐파산 위에서 브라쇼브 시내를 내려다보고 있었다. 이곳에 오면 사람들은 흰색 글자판에 올라 인증사진을 찍는다. 위험해 보이지 않아 나도 해보고 싶었지만 니키는 위험하다며 결사반대한다.

"왜? 뭐 하나는 이루고 죽으면 성공한 인생이라며?"

머쓱해진 나는 웃기지도 않는 농담을 던졌다. 얼어버린 분위기를 녹이고자 왜 이곳에 이런 글자판이 있냐고 물었다. 대학생들이 프로젝트의 일환으로 어느 날 기습적으로 이곳에 글자판을 세웠다고 한다. 대학생의 아이디어치고는 아주 좋은 생각은 아니라고 했더니, 사실 이곳에 나무로 '스탈린'의 이름이 쓰여 있었다고 한다. 그 흔적을 지우기 위함이라고 하니 비로소 이해가 된다. 사실 브라쇼브는 1951년부터 1961년까지 10년 동안 스탈린의 이름을 따 '오라슐 스탈린Oraşul Stalin'으로 불렸다.

산에서 내려와 니키는 루마니아의 음식을 맛보게 해주겠다며 한 식당으로 나를 데려갔다. 사실 부쿠레슈티에서 방을 같이 쓴 여대생들의 초청으로 한 가정집을 방문한 적이 있었다. 간단한 아침식사를 대접받았는데 우유에 밥을 말아 설탕을 뿌려 먹는 아침상에 속으로 식겁한 일이 있었다. 그 후에는 '꼬브리지'라는 꽈배기 빵을 주로 먹었고 가끔씩 가장 내 입맛에 맞았던 '초르바 드 부르타'를 먹었다. 식초가 들어간 내장탕 맛이라 한국 음식을 먹는 듯한 기분이 들었다.

불안한 마음으로 따라 들어간 현지인 식당에는 다양한 루마니아 음식을 팔고 있었다. 루마니아는 음식에 식초를 많이 넣는 나라라는 점은 이미 알고 있었다. 그래서 식초가 많이 들어간 음식으로 통일하지는 말아 달라고 부탁했다. 니키는 웃으며 식초를 많이 먹어야 몸이 유연해진다며 내 볼록한 배를 가리켰다. 너는 어떠냐고 반격하니 몸을 좌우로 흔들며 체조선수가 몸 푸는 듯한 모습을 보여줬다. 하긴 니키는 어리지만 전형적인 루마니아 미녀의 몸을 갖고 있었다.

루마니아는 체조로 유명한 국가다. 한국에서도 유명한 나디아 코마네치가 대표적이다. 세계 대회에서 메달을 30개나 땄으며, 1976년 뉴욕에서 열린 "아메리칸 컵"에서 체조 역사상 처음으로 10점 만점을 획득하고 같은 해에 열린 몬트리올 올림픽에서도 올림픽 최초로 10점 만점을 기록했다. 나디아 외에도 이후에 10점 만점을 받은 루마니아 체조선수도 있고, 한 대회의 단체전, 모든 개인종합에서 메달을 획득한 선수도 있다. 체조선수가 되는 꿈은 이미 접었기 때문에 유연해질 필요는 없다고 하자 니키는 웃으며 자신의 음식 선택을 믿으라고 대답했다.

죽과 비슷한 마말리가와 쌀, 고기, 야채를 다져서 양배추로 감싼 샤르
말레가 식탁에 올랐다. 그녀의 선택은 훌륭했다.

카르파티아 산맥 기슭 오목한 곳에 자리 잡은 브라쇼브에는 활기가
넘쳤다. 사람들의 다양한 표정이 있는 구시가지는 그리 크지 않아 한
가롭게 걸어 다니기 좋았다. 공화국 거리를 돌아다니기도 하고 광장
에서 주말마다 열리는 시장에서 과일이나 루마니아 길거리 음식을 사
다가 분수대 대리석 의자에서 앉아 오물오물 입에 넣고 파스텔 톤으
로 칠해진 건물 앞을 지나다니는 사람들을 구경했다. 광장 북쪽에는
옛 시청 건물인 역사박물관이 있다. 건축 당시에는 높이 48m의 감시
탑이었는데, 15세기 증축 과정에서 58m로 더 높아졌다. 감시탑 꼭대
기에서 병사들이 위급 상황에 나팔을 불어 시민에게 알렸다고 한다.
오후 6시면 병사와 나팔수 복장을 한 사람들이 나팔을 불며 당시 상
황을 재현했다. 나는 그 모습을 무심히 바라보곤 했었다.

검은 교회에서 오르간 연주가 열리는 날에는 오르간 연주를 감상
했다. 검은 교회는 브라쇼브가 속해 있는 트란실바니아 지방에서 가
장 큰 독일식 고딕 건축물이다. 1383년 짓기 시작해 1480년에 완공

된다. 100여 년이 걸려서 지어진 이 교회는 오스만제국 지배를 받던 1689년 오스트리아 합스부르크 군의 공격을 받아 건물 외부와 내부가 불에 타 검게 그을린 데서 그 이름이 유래했다. 폭 38m에 길이 89m, 탑 높이만 65m인 이 교회 외관은 르네상스와 바로크 양식의 영향을 받은 구조물과 조각상들로 장식되어 있다.

이 교회를 짓는 동안 희생된 한 어린아이가 조각되어 교회 위에서 밑에 지나가는 사람들을 지그시 바라보고 있다. 교회 탑엔 루마니아에서 가장 무거운 6.3t 종이 달려 있다. 교회 내부는 화려한 카펫과 17~18세기 부유층으로부터 기부받은 119점의 물품들로 장식했다. 그중에서 가장 유명한 것은 교회의 파이프 오르간이다. 1839년에 만들어진 4,000개의 파이프가 울려 연주하는 교회 음악은 천국에서 연주된다는 생각이 들 만큼 압도적이었다. 베를린 부흐홀츠사의 원형을 유지하고 있는 단 하나의 제품으로 알려졌다. 밖에서는 각 지방에서 온 아이들이 각 지역의 음악과 무용을 공연하고 있었다. 하루는 엄숙한 교회 음악을 조용히 감상하고, 하루는 어린아이들의 공연을 학부모처럼 박수 치며 신나게 응원했다.

드라큘라의 고장
- 브란 성, 시기쇼아라

내가 드라큘라를 보러 간다는 말에 한 여행자는 이렇게 말했다.

"드라큘라 이야기 다 거짓말인 거 아시죠? 왜 가는지 잘 모르겠어요."

"네. 드라큘라를 안 읽으셨으면 굳이 갈 이유가 없죠."

"그걸 꼭 읽어야 하나요? 다 아는 내용인데."

말을 아꼈다. 어디 가나 개똥철학을 들이밀며 산통을 깨는 사람들이 있다. 쓸데없는 논쟁은 피하고 싶었다. 소설이 허구를 전제로 한다는 사실을 무시하는 거만한 사람과 더 무슨 이야기를 할 수 있을까? 사람들이 진짜 드라큘라의 존재를 믿고 브란 성을 방문한다고 생각하는 것일까?

물론 드라큘라는 루마니아가 아닌 아일랜드 작가에 의해 탄생했다. 하지만 15세기 루마니아의 실존인물 블라드 체페쉬를 모티브로 한 건 사실이다. 드라큘라는 모두가 알지만, 드라큘라를 읽어본 사람은 찾기 힘들다. 어디서 들어본 이야기, 알고 있지만 설명할 수 없는 흐릿한 지식. 들어봤다고 안다고 인지하는 착각. 이 가운데 그릇된 인식을 영양분으로 단단하게 굳은 아집이 싹튼다.

드라큘라의 모티브가 된 블라드 체페쉬란 이름에서 체페쉬는 '꼬챙이'를 의미한다. 왈라키아 공국의 영주였던 그는 오스만 제국과 전쟁 당시, 포로들을 죽일 때 특이한 방법을 사용했다. 뾰족하고 긴 꼬챙이에 기름칠을 한 다음 살아있는 사람의 항문에 꽂는다. 꼬챙이를 땅에 곧게 세우면 사람의 몸은 중력에 의해 점점 내려오게 되고 결국 뾰족한 끝은 입이나 등을 뚫고 나온다. 사람들은 바로 죽지 않고 고통 속에서 아주 서서히 목숨이 끊어진다. 그렇게 사람을 죽이고는 사람들이 꽂혀있는 꼬챙이를 전시해 적의 사기를 떨어뜨렸다.

적국인 오스만 제국에게만 이 방법을 사용한 것은 아니다. 자신의 아버지를 배신해 죽음으로 몰아넣었던 귀족들도 이와 같은 방법으로 처형했다. 1457년, 부활절 날 귀족들을 왕궁으로 초대했고 "지난 50년간 몇 명의 군주를 모셨느냐?"고 질문했지만, 그들은 너무 많이 갈아치워 답변을 못 했다. 결국, 꼬챙이에 끼워 다 죽였다. 대략 500명 정도가 말뚝에 박혀 처형되었다. 물건을 훔치거나 게으른 사람 그리고 거짓말을 하는 사람들은 물론 심지어 자신에게 예의를 갖추지 않는 사람들도 이 방법으로 잔인하게 죽였다.

드라큘라라는 이름은 그의 아버지 블라드 2세로부터 기원한다. 용혹은 악마를 뜻하는 '드라쿨Dracul'이라는 작위를 받은 블라드 체페쉬의 아버지, 블라드 드라쿨. 여기에 루마니아어로 누구의 아들이라는 뜻의 'ea'를 붙여 블라드 3세는 블라드 드라쿨라라고 불리게 되었다.

드라쿨라가 흡혈귀가 된 것은 아일랜드의 소설가 브람 스토커Bram Stoker가 1897년 발표한 소설 『드라쿨라』 때문이다. 스토커는 드라쿨라 삶에서 아이디어를 얻어 괴기소설을 썼고 크게 명성을 떨쳤다. 브람 스토커는 43살 때, 헝가리를 여행하던 중, 유럽의 역사와 민간전승에 해박했던 헝가리의 부다페스트 대학교의 동양어과 교수 아르미니우스 밤베리를 만났다. 그에게서 블라드 체페쉬에 대한 이야기를 들었을 거라고 전해진다. 당시 왈라키아 공국은 소아시아로 향하는 상인들의 관문으로 브란 지역을 지나는 상인들로부터 관세를 거둬들였는데 관세를 내지 않은 상인들을 꼬챙이로 처형했다. 덕분에 상인들의 입소문을 타고 블라드 드라쿨라의 이야기는 곳곳에 퍼져나갔을 것이라고 추측된다.

루마니아에서 드라쿨라는 영웅으로 추앙받지만, 그가 피에 광적으로 집착한 사실은 부인하기 힘들다. 블라드는 꼬챙이에 박혀 죽은 수천 명의 사람들이 진열된 숲을 조성하기 위해 항상 새로운 기하학 법칙을 생각해내는 데 열중했다고 한다. 블라드가 헝가리로 망명해야할 위기에 놓였을 때는 그에게 꼬챙이형을 선고받은 사람들이 도망갔다. 그는 그들 대신에 쥐와 새들을 잡아 꼬챙이에 박았다. 소설 『드라쿨라』는 드라쿨라가 잔인하게 사람을 죽인 이유를 피를 좋아하는 혹은 피를 마셔야만 삶을 한나절이라도 유지할 수밖에 없는 '흡혈귀'라는 설정에 사용했다.

나는 드라큘라가 잔인한 폭정을 한 이유는 불행한 어린 시절과 어린 나이에 공작이 되는 바람에 정치적인 적들이 너무 많았던 탓도 있다고 조심스레 추측한다. 드라큘라는 11살에 오스만 제국에 동생과 함께 볼모로 보내졌다. 드라큘라는 오스만 제국의 황태자인 메흐메트 2세와 그의 아버지 무라드 2세에게 잔혹한 일을 많이 당했다. 특히 메흐메트 2세는 이슬람 신자임에도 동성애자로 드라큘라를 수시로 성폭행한 것으로 알려져 있다. 그래서 오스만 제국의 병사들을 사로잡아 항문에 꼬챙이를 꽂아 죽였는지도 모른다. 그는 오스만 제국을 탈출해 고국으로 돌아왔지만, 아버지는 신하들의 배신으로 이민족에게 암살되었고 형은 뜨거운 인두로 눈을 잃고 생매장을 당하는 끔찍한 일을 겪었다.

그의 소설 드라큘라가 재미있는 이유 중 하나는 그 당시 영국사회의 억압된 분위기를 기발하게 풍자하고 있기 때문이다. 일부 사람들은 결국 기득권을 옹호하는 이야기라고 평가하지만 사실 책을 읽어보면 영국을 주름잡았던 후기 빅토리아 시대의 지배 철학과 시대상을 은밀하게 비꼬고 있다. 가족'같은, 무지'개'같은 우리 회사 같은 식이다. 음란마귀가 씌인 사람이라면 소설이 묘사한 장면들의 숨은 뜻을 눈치챌 수 있다. 성性이 지나치게 억압된 시대에 성적 표현과 묘사들을 교묘히 분출하고 있다. 뿐만 아니라 비이성적인 생활태도를 비꼬는 동시에 그 당시 영국에서 팽배했던 합리주의와 계몽주의 그리고 종교주의도 조롱한다. 미신만 믿는 루마니아 사람들과 합리적이고 이성적인 영국 사람들 둘 다 모두 결국 드라큘라에게 번번이 당한다.

　브라쇼브에서 버스를 두 번 갈아타고 브란성으로 향했다. 브란으로 향하는 길에 루마니아 전원풍경이 펼쳐진다. 옆에 아저씨와 같이 탄 개가 재롱을 떨며 그 분위기를 더한다. 브란에 내리니 한산했던 버스와는 달리 관광객들로 북적인다.

　브란성은 1212년 독일 기사단의 요새로 만들어졌다. 15~16세기에는 트란실바니아와 왈라키아 공국을 잇는 연결지 역할을 하면서 오스만 제국으로부터 헝가리 왕국을 지키는 관문이 되었다. 그 무렵 드라큘라가 이 성에 잠시 머문 것은 사실이지만 그의 삶의 흔적이 남아 있

는 곳은 아니다. 그래도 브란 성은 드라큘라 주인공인 블라드 공의 성과 거의 같은 구조다.

　이 성은 루마니아 공국들의 통일에 기여한 합스부르크 왕가의 여왕에게 1920년 헌정되었고, 낭만적인 여름 궁전으로 바뀌었다. 여왕이 죽은 후 일레나 공주가 성을 물려받았으나 루마니아가 공산국가가 되면서 후손들은 1948년 소유권을 박탈당했다. 브란 성은 방치된 채 파손되다가 1956년 루마니아 정부에 의해 국가 문화재로 지정돼 보수공사를 거쳐 중세역사미술박물관으로 재탄생했다.

2006년 일레나 공주의 아들 도미니크가 재판을 통해 성의 소유권을 되찾았다. 하지만 도미니크는 성이 갖고 있는 이미지가 싫어 매물로 내놓았다. 브란 성은 세계에서 가장 비싼 집 중 하나로 가격은 1억 달러다. 사실 루마니아 사람들도 자신들의 전쟁 영웅이 흡혈귀로 표현되는 것이 싫었다고 한다. 하지만 지금은 적극적으로 드라큘라를 홍보하고 있다. 관광객들이 몰리면서 지역에 돈을 공급하고 있기 때문이다. 자본의 힘이다. 블라드 드라큘라가 태어나고 4살 때까지 살았다고 전해지는 시기쇼아라에서는 드라큘라의 생가를 방문해 볼 수 있다.

이 지역 트란실바니아는 카르파티아 산맥이 관통하고 있다. 짙은 숲이 우거진 곳. 사람들은 깊고 은밀한 곳에 마을을 이루고 살아간다. 그리고 이 마을에는 많은 전설들을 전해 내려온다. 소설 『드라큘라』에서도 트란실바니아는 "유럽에서 가장 황량하고 후미진 곳으로 세상의 미신이란 미신은 다 모여 있어서, 흡사 상상력의 소용돌이 한가운데에 있는 느낌을 준다."라고 묘사되어 있다. 전설은 인간의 힘으로 설명할 수 없는 일련의 사건들을 이해할 수 있도록 도와주고 긴긴밤의 오락거리가 되어준다. 때론 도덕적 길잡이가 되어 고립되어 사는 사람들이 도덕적 규범을 지키게 해주는 역할을 담당한다.

이곳에서는 굳이 허구와 사실을 구분 짓는 일은 무의미하다. 다양한 이야기를 기반으로 무한한 상상력이 더해져 시대정신을 담은 이야기와 인물들이 탄생한다. 이런 이야기의 고향이 되는 곳 트란실바니아의 모습은 참 신비롭다.

📍 막대 먹은 꿈

나와 당신은 날카로운 막대로 연결되어
아픈 운명을 지닌 사이일 테죠.

괴로워도 쉽사리 떨어지지 못하는 지독한 집착의 관계 속에서
서로를, 때론 나 자신을 증오하는 긴 시간을 뚫고
이제는 막대에서 벗어난 당신.

비록 남은 상처로 아프지만, 서서히 회복해 나가는 당신.

몸에 박힌 막대를 빼내기가 두려운 건지, 무슨 미련이 또 남았는지
아직 상처에 머무르고 있는 내 모습이 참 처량합니다.

이제 당신은 없지만, 당신이 있었던 그 지점을 바라보며
아직도 미련 속에 아파합니다.

욕망인지 열정인지 모르는 무모한 힘이 주는 고통에 몸부림치지만
이 막대는 내가 짊어져야 할 십자가로 여기고
나 홀로 가보려 합니다.

이제는 당신이 없다 할지라도
당신과의 행복했던 기억과 함께 긴 여정을 떠납니다.

내 몸을 관통한 막대는 무겁고 강해
내가 가는 길을 쓸고 가르면서 여정의 흔적을 남길 테지요.

운이 좋다면 그 흔적은 나처럼 미련한 자의 길잡이가 되겠지요.

흐르는 내 피가 땅에 흘러 버려진 씨앗에
싹을 틔우는 기적이 일어날까요?

그렇게 나는 나 같은 바보들과 보이지 않는 서로를 의지하며
새로운 세상을 계속 꿈꾸겠지요.

멍한 눈의 마을과
양파 그리고 삶

📍 시비우

지붕에 졸린 눈이 사람들을 바라보고 있는 도시에서 너에게 편지를 써.

시비우 마을 지붕에 졸린 눈은 대부분 창고의 환기구 혹은 창문이야. 눈 뒤에 무엇을 담고 있다는 사실이 사람과 참 많이 닮았어. 나는 내 눈에 무엇을 담고 있나 생각하기 좋아 거울 속 내 눈을 한참을 바라보곤 했어. 그렇게 나는 이곳에서 졸린 눈으로 멍한 시선을 유지한 채 게으르기 바빴지.

못다 읽은 책을 읽기도 하고 턱을 괴고 무심히 여행 사진을 정리하다 낮잠을 자는 하루가 반복됐어. 허리가 뻐근할 때쯤 졸린 눈을 비비고 일어나 마을을 산책하곤 했지. 그리고 매일 버릇처럼 거짓말쟁이 다리에 올랐어. 이 다리는 거짓말을 하면 다리가 무너진다는 이상한 전설을 지니고 있는 다리야. 요즘에는 흔히 연인들이 사랑고백을 하는 장소로 사용되고 있지만, 과거 상업으로 발전했을 당시 상인들이 거래의 신뢰를 더하기 위해 이런 전설이 생겼다고 하더라고.

　문득 나는 이 지독한 무료함을 달래고자 센세이션을 일으키고 싶었
어. 다리에 올라 '내가 원빈보다 잘생겼다.'를 매일 외쳐봤어. 다리가
정말 무너지나 확인하려고. 하지만 다리는 무너지지 않았어. 대신 지
붕 위에 졸린 눈이 나를 한심한 표정으로 쳐다보곤 했지. 지금 편지를
보는 너의 눈빛처럼. 절대 내가 원빈보다 잘 생겼다는 이야기를 하려
고 하는 게 아니야. 세상에는 흔히 아는 배우 원빈만 있지 않겠지. 분
명히 지구 어딘가에는 나보다 못생긴 원빈도 살고 있을 거야. 나른함
을 떨쳐내고자 했던 나의 미친 짓이었어.

　그동안 묵은 숙소에서는 음식을 요리할 수 없었지만, 이곳에서는
주방을 자유롭게 쓸 수 있어 먹고 싶은 음식을 모두 요리해 먹을 수
있었어. 딱히 요리 말고는 시간 때울 일이 없기도 했지.

　낡은 집에 허름한 부엌은 복잡해도 참 정겨워. 낡았지만 전통이 묻어 있었고, 조금 지저분하지만 꽤나 낭만적인 공간이야. 빵에 버터나 발라 먹을 줄밖에 모르는 여행자들은 정체불명의 음식을 요리하는 나를 안타까운 눈으로 쳐다보곤 해. 그런 시선을 무시하다 보면 작은 창문으로 햇살이 내려앉기 시작해. 그럼 내 요리 위에 먼지가 떠다니는 게 보이지. 마치 하늘에 떠 있는 별인 양 혹은 겨울에 흩날리는 눈인 양 그마저도 참 아름다워 보였어. 특히 감자를 볶을 때면 마치 사막에 눈이 내리는 것 같은 묘한 상상력이 발휘되기도 했지.

　하지만 이런 날도 딱 하루였어. 주변 식당이 저렴해서일까? 직접 요리하는 사람은 투숙객 십 수 명 중 딱 세 명에 불과했어. 그럼에도 공교롭게 세 명이 요리하고자 하는 시간이 겹쳐서 매번 눈치를 보며 요

리를 해야 했지. 부엌에 아무도 없는 걸 확인하고 요리를 시작했음에
도 나머지 두 명은 어찌 알고 각자의 식료품을 들고 주방으로 모여.
지독한 악연인 게지.

　그러던 어느 날, 그중 한 명이 셋이 함께 요리를 해먹자고 제안해
왔어. 매번 어색한 인사와 함께 요리하는 사람에게 눈치를 주곤 했던
나는 제안자의 3인분 요리를 도와주기로 했어.

　나는 양파를 다듬는 일을 맡았어. 양파향이 매워 눈을 찌푸리는데
한 명이 시비우의 지붕과 닮았다며 내 표정을 흉내 냈어. 가늘게 눈
을 뜨며 낄낄대는 모습이 마치 인종 차별하는 것 같아 멋쩍은 웃음을
지어 보이며 애써 무시했지.

　그러다가 문득 양파를 다듬는 일이 인생과 닮았다는 생각을 했어.
별거 아닌 것처럼 보이는데 자꾸 눈물이 흘러. 까도 까도 끝이 없고
제대로 바라보고자 하면 눈이 맵고 시리지. 인생도 참 별거 아닌 거
같다가도 어찌 보면 눈물의 연속이고, 진실은 자꾸 끝없이 포장지 뒤
에 숨겨진 채 거짓만 계속 반복되지. 진실을 바라보기란 참 어렵고 아
픈 일이지. 그래서 때론 사람들은 눈 속에 무언가를 감춘 채 졸린 눈
을 하며 세상을 바라보는지도 모르겠어. 때론 멍청해 보이는 가면을
쓰고 살아야 덜 아프고 덜 매우니깐.

루마니아 민주화의 고향

📍 티미쇼아라

차우셰스쿠의 공산독재를 무너뜨린 민주화 운동이 시작된 도시. 티미쇼아라에는 버스를 타고 왔다. 흔히 숙소를 잡는 지역은 아니었지만, 시내까지 충분히 걸어서 이동 가능한 곳에 숙소를 잡았다. 숙소는 지상 3층 지하 1층의 건물이었는데 투숙객은 나밖에 없었다. 주인도 다른 집에 거주하고 있었다. 숙소 주인 R은 나에게 이 궁전의 왕이라는 칭호를 붙여주었다. 저녁 시간 이후에는 이 건물에 나밖에 없으니 편하게 사용하라고 했다. 나는 차우셰스쿠처럼 지내도 되냐고 물었다. 어떻게 지내든 자유지만 총살당할 수도 있다는 농담을 던진다.

R은 아내와 3살 된 아들을 둔 가장家長이었다. 아들은 장난이 심했지만 R과 아내 S는 매우 친절했다. 매일 과분한 아침식사를 차려주었고, 세탁소 위치를 물었더니 몰래 직접 빨래를 해주는 것으로 답을 대신했다. 저녁때마다 내가 숙소에 있는 걸 확인하고는 티미쇼아라 맥주를 사 들고 와 이런저런 대화를 나눴다. 조선왕조실록에 보면 루마니아를 "늑마니아라는 나라는 집안의 대문을 걸어 잠그는 일이 없

으며 누구든 손님으로 융숭히 대접한다."라고 기록했는데, 그 전통이 아직까지 전해지고 있는 듯하다.

중학교 선생님인 R은 혁명의 땅에서 태어나고 자란 시민답게 루마니아에 대해 안타까움이 많았다. 루마니아는 기술과 자본의 부족으로 석유뿐만 아니라 많은 지하자원이 외국 자본에 잠식되어 있다. 지하자원은 풍부하지만 외국 자본이 운영하고 있는 바람에 국민들에게 비싼 요금으로 공급되고 있으며 고용창출은 활발하다고는 하지만 저임금 정책 때문에 루마니아인들이 점점 희망을 잃어가고 있다고 했다. 루마니아는 씨를 뿌리기만 하면 알아서 농작물이 자라는 비옥한 토지를 가지고 있고 질 좋은 목재도 풍부하다. 한때는 자급자족이 될 만큼 원유와 천연가스도 풍부했다. 이런 풍족한 땅에 사람들은 부족하게 살고 있다고 말했다.

티미쇼아라 관광은 혁명 박물관에서 루마니아의 민주화 운동을 살펴보는 것으로 시작했다. 혁명 박물관 앞에는 조각 케이크처럼 1m 정도 뜯긴 베를린 장벽이 관광객들을 맞이하고 있었다. 과거 루마니아 국기 가운데에 공산주의를 상징하는 마크가 그려져 있었다. 민주화 운동 당시 그 부분을 동그랗게 잘라낸 다음, 판초처럼 걸치고 시위를 하는 사진과 영상을 볼 수 있다.

민주화 운동의 시발점이라고 불리는 승리 광장으로 향했다. 메트로폴리탄 교회부터 국립 오페라 극장까지 쭉 뻗은 길은 지금은 상점과 고급 식당이 줄지어 서 있는 현대화된 모습을 갖추고 있지만, 과거 이곳에서 처음 민주화 혁명의 외침이 있었던 곳이다.

    티미쇼아라의 골목을 걷다 보면 광장을 쉽게 마주친다. 불쑥 나타
나는 광장에 가슴이 확 트인다. 자유광장, 통일광장, 우니리광장 등
많은 광장들이 방문 당시 공사 중이었다. 앞으로 티미쇼아라의 광장
들은 어떻게 변모할지, 루마니아의 미래는 어떤 모습으로 건설될지 궁
금했다. 로마 건국 신화의 모습을 상징하는 동상 앞에 앉아 걸음을
쉬었다.

　이름에서도 알 수 있듯이 루마니아의 뜻은 "로마인의 언어와 풍습을 가진 땅"이다. 로마의 후손들이 주변 슬라브족 국가 사이에서 그 언어와 독창성을 유지해온 나라다. 늑대 젖 먹는 두 남자 아기들의 동상이 각 도시마다 세워져 있다. 내가 루마니아에서 보는 쌍둥이 형제 로물루스와 레무스의 마지막 동상이다.

　이탈리아에서 이 동상을 다시 만날 때까지 나는 과연 어떤 여행을 할지 궁금했다. 귀가 또 간질간질하다. 누가 내 욕을 하는 것이지 광장의 먼지가 귀에 들어간 것인지 모르겠다. 루마니아로 오는 기차의 기억이 떠올랐다. 그러면서 여행 생각이 인생의 문제로 확장됐다. 나의 문제는 무엇인지 나는 어떤 태도로 세상을 바라보고 있는지 괜한 잡생각에 빠졌다.

    쓸데없이 복잡해진 머리를 달래고자 베가강변을 거닐었다. 높은 수
준의 그래피티가 그려져 있는 벽을 따라가다 보면 운동을 하는 젊은
이들을 마주치게 되고 고급 레스토랑과 펍을 만난다. 낚시하는 아저
씨들도 종종 눈에 보인다. 강변에 앉아 루마니아의 천재 피아니스트
클라라 하스킬[1895~1960]이 연주한 모차르트의 음악들을 들었다. 집에
서 요양생활을 할 때 모차르트의 협주곡을 그녀의 연주로 종종 듣곤
했었다. 클래식을 잘 모르지만, 그녀의 음악과 삶은 나에게 큰 위로가
되어주었다.

　그녀의 조국에서 그녀의 연주를 들으니 감회가 새롭다. 찰리 채플린은 "나는 진정한 천재라고 할 수 있는 사람을 평생 세 명 만났다. 아인슈타인, 처칠, 그리고 클라라 하스킬이었다."라고 말했다. 그녀는 특히 모차르트 곡을 연주하는데 탁월했다. '모차르트의 모차르트'로 불렸다. 모차르트 특유의 생동감과 아름다움 그리고 슬픔을 완벽하게 실현했던 유일한 피아니스트라고 평가받는다.

　5살 때 악보를 볼 줄도 몰랐던 하스킬은 한 번 들은 모차르트 소나타를 즉석에서 연주하고 악장 전체 조를 바꿔 연주해 사람들을 깜짝 놀라게 한다. 그리고 7살에 오스트리아 빈에서 데뷔한다. 15살이던 1910년, 피아노와 바이올린 두 분야에서 파리 음악원을 수석으로 졸업한다. 재능에 뛰어난 미모까지 갖춘 부족할 게 없는 인생에 가혹한 운명이 그녀의 삶을 짓밟는다.

　열여덟 살, '다발성 신경경화증'이라는 불치병에 걸렸다. 다발성 신경경화증은 뼈와 근육, 세포까지도 모두 붙어버리는 병이다. 갑작스러운 발병으로 그녀의 삶은 7년 동안 극심한 고통 속으로 내동댕이쳐졌다. 그녀의 음악 인생은 끝난 듯했다. 하스킬은 4년 동안 온몸에 깁스를 한 채 살아야 했다. 그녀의 허리는 계속 굽어서 결국 꼽추가 됐고, 20대의 아름다운 외모는 노파 같은 얼굴로 변해 버렸다. 그녀를 홀로 돌보던 홀어머니조차 1918년, 그녀의 나이 23살 때 세상을 떠나고 말았다.

　하스킬은 1921년 모차르트를 연주하기 위해 다시 무대에 올랐다. 마녀 같은 외모와 굽은 손가락을 가지고도 그녀는 엄청난 찬사를 받으며 재기에 성공했다. 하지만 가혹한 운명은 다시 그녀를 찾아왔다. 1차 대전 내내 투병 생활을 했던 그녀는 2차 대전이 일어나자 또 한 번

병마와 싸워야 했다. 스페인계 유대인이었던 그녀는 나치가 파리를 점령하자 마르세유로 피신해야 했다. 그 와중에 뇌졸중이 발병했고, 뇌와 척수에 종양이 생겼다. 게다가 뇌종양은 시신경을 누르고 있었다.

천신만고 끝에 기어이 회복한 그녀는 종전 후인 1947년, 다시 연주 활동을 시작하게 된다. 그리고 희대의 명반을 세상에 내놓는다. 그 음반을 지금 내가 듣고 있다.

"나는 행운아였다. 항상 벼랑의 모서리에 서 있었지만, 머리카락 한 올 차이로 인해 한 번도 벼랑 속으로 굴러떨어지지 않았다. 그것은 신의 도우심이었다고 생각한다."

훗날 하스킬이 자신의 삶에 대해 회고한 부분이다. 나도 과연 나를 행운아라 이야기할 수 있을까? 나는 벼랑의 모서리에서 신의 도우심을 느낄 수 있었나 생각했다.

많은 이야기를 품고 있는 루마니아. 이곳의 다음 이야기는 어떻게 전개될지 궁금하다. 분명 그 이야기는 상처를 품고 사는 사람들에게 충분한 위로가 되리라 믿는다.

글루미 선데이
- 우울이 깊게 배어 있는 도시

📍 부다페스트

부다페스트로 들어서는 길. 감정의 스위치가 있다면 우울모드를 켜 놔야 했다. 우울모드 전환은 사실 나에게는 일도 아니었다. 세계에서 가장 우울한 도시를 꼽으라면 단연 부다페스트다. 이 도시는 슬픈 이 야기와 아픈 역사를 담고 있고, 그 가운데를 관통하는 감정은 우울이 다. 내 귀에서는 음악이 기분을 차분히 가라앉힌다. 프란츠 리스트의 '헝가리 랩소디', 그리고 영화 〈글루미 선데이〉의 OST가 반복해서 흘 러나온다.

독일 감독 롤프 쉬벨이 만든 영화 〈글루미 선데이〉는 동명의 음악 을 기초로 해 만든 영화다. 1930년대 부다페스트를 배경으로 수많은 사람들이 〈글루미 선데이〉를 듣고서 자살했다는 호사가들의 증언이 끊이질 않았다.

 이 음악은 레죄 세레시Rezső Seress 작곡, 라슬로 야보르László Jávor 작
사로 1933년에 발표되었다. 처음에는 사람들의 관심을 거의 끌지 못했
으나 1936년 헝가리에서 발생한 일련의 자살 사건과 관련이 있다는
소문이 나기 시작하면서 유명세를 탔다.

 이 노래 때문이라는 구체적인 증거는 없지만, 이 노래가 세상에 나
온 뒤 많은 사람들이 부다페스트에서 자살을 한 건 사실이다. 처음
음악이 전파를 탄 날 다섯 명의 청년이 자살하고, 전파를 탄 지 8주
만에 187명의 자살자가 생겨났다는 구체적인 숫자가 보도되기 시작하
면서 이 루머는 세간의 관심을 끌기 시작한다. 『뉴욕타임스』는 '수백
명을 자살하게 한 노래'라며 특집기사를 수록하기도 했고, 프로이트
는 이 음악에 대한 정신분석학 이론을 발표하기도 했다. 코코 샤넬은
이 음악을 모티브로 '피치 블랙, 죽음의 화장품'을 출시했다.

이 루머를 더욱 강력하게 만드는 사건이 발생한다. '글루미 선데이'의
작사가인 야보르의 여자 친구가 자살로 목숨을 끊었다. 작곡자인 쉬레
시도 1968년 부다페스트의 한 빌딩에서 투신자살로 생을 마감했다.

하지만 자살이 이때만 유별나게 많았던 것은 아니다. 그 당시에도
자살률은 높은 수준이었고, 지금도 헝가리는 OECD 국가 중 자살률
2위 국가로 우리나라 바로 아래 위치하고 있다.

부다페스트에 오면 꼭 해보고 싶은 일이 있었다. 영화 〈글루미 선데
이〉의 여주인공 일로나가 자전거를 타고 건너다녔던 에르제베트 다리
에서 〈글루미 선데이〉 OST를 듣는 일이었다. 가장 음울하게 시간을
보내고 싶었다. 이곳은 부다페스트의 음울한 역사를 고스란히 담고
있는 곳이기도 하다. 프란츠 요제프 황제의 아내였던 에르제베트 황
후는 활발하고 명랑한 성격의 소유자였다. 하지만 합스부르크 왕국의

엄격한 왕실 분위기는 그녀의 삶을 갑갑하게 만들었다. 그녀는 왕실을 벗어나기 위해 마음치료를 핑계로 여행을 다녔고, 그중 가장 많이 방문한 도시가 부다페스트다.

이 다리는 그녀를 기리기 위해 세워졌지만, 세계 2차 대전 중 파괴됐다. 1964년 복원된 다리 건너편에는 세체니 다리를 중심으로 부다페스트의 가장 아름다운 풍광이 펼쳐진다. 다리 아래로는 이 도시에 슬픔이 잔잔하게 흐르듯 두나강이 부드럽게 넘실댄다. 1930년대를 풍미했던 미국의 여자 재즈 보컬리스트 빌리 홀리데이의 '글루미 선데이'는 나의 묵은 슬픔을 긁고 지나간다. 부다페스트의 우울함은 여행자인 나에게는 위로다. 슬픔은 슬픔으로 위로 되듯 아주 잔잔하게 공감의 강이 흘러 나를 쓰다듬어 주었다.

♀ 수난의 연속

부다페스트의 현대사를 살펴보면 수난의 연속이었다. 1956년에는 공산당 독재에 맞서 헝가리 혁명이 일어났다. 헝가리 국민들은 복수 정당제에 의한 총선거, 헝가리 주재 소련군의 철수, 표현과 사상의 자유, 정치범의 석방 등 16개 항목을 요구하며 억압적인 체제에 억눌려 왔던 불만을 광장에 나와 쏟아내기 시작했다.

정세는 시민들에게 유리한 방향으로 흘러갔다. 공산당은 10월 24일 개혁파 너지를 수상으로 지명했다. 너지는 정치범 석방, 비밀경찰 폐지, 소련군의 부다페스트 철수를 발표하고 헝가리의 바르샤바 조약기구 탈퇴와 중립화를 선언했다.

하지만 소련은 이 움직임을 소련 영향권으로부터의 이탈로 판단하고 11월 4일 헝가리에 탱크 1,000대와 병사 15만 명을 투입해 너지 정권을 무참히 무너뜨렸다. 그 후 다시 친소 정권이 세워진다. 이 사건으로 2만5천 명에 달하는 사람이 목숨을 잃었고 정치성 보복으로 2만 명이 체포됐다. 이외에도 25만 명이 오스트리아로 망명한다.

📍 우리와의 인연

너는 열세 살이라고 그랬다.
네 죽음에서는 한 송이 꽃도
흰 깃의 한 마리 비둘기도 날지 않았다.
네 죽음을 보듬고 부다페스트의 밤은 목놓아 울 수도 없었다.
죽어서 한결 가벼워운 네 영혼은
감시의 일 만의 눈초리도 미칠 수 없는
다뉴브강 푸른 물결 위에 와서
오히려 죽지 못한 사람들을 위하여 소리 높이 울었다.

– 김춘수 「부다페스트에서의 소녀의 죽음」

우리나라에서 이 사건을 보고 시인 김춘수는 「부다페스트에서의 소녀의 죽음」을 발표했다.

부다페스트는 멀리 떨어져 있지만, 우리 한반도와 비슷한 점이 많다. 매운 음식을 좋아하며 온천을 좋아한다. 아이들은 몽골반점을 갖고 태어난다. '교산교산'이라는 '빨리빨리' 문화도 갖고 있다.

북한과도 인연이 깊다. 김정일은 젊은 시절 헝가리 대사로 부임했으며 평양의 지하철 공사를 담당한 회사는 헝가리 기업이다.

역사적으로 보면 우리나라 삼국시대부터 교류가 있었다. 나라의 이름인 헝가리Hungary는 훈족을 뜻하는 'Hun'과 땅이라는 뜻의 'Gary'의 합성어다. 이들은 마자르족의 후손이라고 자신을 지칭하지만 마자르족은 우리가 흔히 부르는 말갈족으로 그 뿌리가 훈족과 같다. 먼저 성을 쓰고 이름을 쓰는 법도 똑같다. 실제로 헝가리 민속학자 버라토시 벌로그 베네데크는 헝가리 민족의 뿌리를 찾으려고 아시아를 여행한 뒤, 1929년『한국, 조용한 아침의 나라』라는 책을 썼다.

'한국인은 주변 여러 나라의 다른 어느 민족들보다 신체적으로 뛰어나다.
또 한민족은 중국 고대문화와 문명을 일본에 전수해 주었다. 가장 중요
한 것은 그들의 정신적 능력이 이미 인정되어 온 일본인, 중국인의 그것
과 충분히 경쟁할만한 수준일 뿐만 아니라 오히려 더 월등한 면이 있다.'
 -『한국, 조용한 아침의 나라』

상처를 대하는
헝가리의 방식

♀ 화려하고 아름답게

부다페스트는 크게 부다지역과 페스트지역으로 나뉜다. 흔히 여행을 시작하는 지역인 두나강 동편 지역이 페스트지역이고 강 건너 요새가 있는 두나강 서쪽 지역이 부다지역이다. 부다 지역 북쪽에 오부다^{옛 부다} 지역까지 고려한다면 실제로는 세 지구를 합쳐놓은 도시다.

성 슈테판 성당에서 부다 왕궁으로 가는 길. 많은 이야기가 서려 있는 도시답게 동상마다 전설을 담고 있는 부분이 반질반질하다.

바치 거리와 안드라시 거리를 걷다 보면 현대 유럽의 모습이 여행자들을 흥분시키기도 하지만 아픔과 치욕을 간직하고 있는 도시는 각 요새마다 슬픈 역사를 간직하고 있다. 굳이 테러박물관을 찾아가지 않더라도 꼭꼭 숨겨둔 흉터는 곳곳에서 발견된다. 부다페스트에 거주하던 20만 유대인 인구의 3분의 1 정도가 제2차 세계 대전 때인 나치 독일 점령하에 행해진 홀로코스트로 희생되었다. 곧이어 1944년 겨울에는 소련의 포위 공격으로 도시가 70%나 파괴되었다. 화려함과 새로움 사이에서 무거운 기운이 느껴지는 이유일 테다.

　헝가리 소설가 아고타 크리스토프의 『존재의 세 가지 거짓말』에도
당시의 상황이 묘사되어 있다. 점령군인 나치와 해방군인 사회주의 체
제가 차례로 등장하는 극도의 혼란 속에서 처절하고도 잔혹하게 살
아남은 쌍둥이 형제의 모습은 그녀가 겪었던 전쟁 당시의 모습을 고
스란히 담고 있다. 잔인한 현실을 견디기 위해 감정마저 거세해 버린
쌍둥이 형제의 모습은 당시 헝가리 상황을 대변한다. 정체성을 상실
하고 서서히 회복하는 일련의 과정에서 헝가리의 상황이 겹쳐진다.

　부다페스트에 오기 전, 한 사람이 내게 부다페스트를 왜 가냐고 물
었다. 야경을 보기 위해서 간다고 간단히 대답했다. 혀를 차면서 그
사람은 나에게 충고를 건넸다. 지지리도 못 사는 나라가 관광객들 끌
어모으려고 전기 아까운 줄 모르고 돈을 뿌리고 있다고 했다. 야경만
보고 다른 도시로 이동하라는 조언도 더했다.

시답지 않은 충고를 외면하고 나는 이곳에 머물면서 매일 어부의 요새에 올랐다. 마차시 성당에서 연주회도 감상하고 국립갤러리에서 미하이 문카치의 그림들을 살펴봤다. 문카치는 헝가리의 정서를 잘 표현했다고 평가받는 화가로 작품을 보고 있으면 우울증에 걸린다는 속설이 있다.

매일 나는 우울한 시선으로 부다페스트의 전경을 바라보았다. 그때마다 이어폰에서는 브람스의 '헝가리 무곡'이 힘찬 박자와 함께 흘러나왔다. 상처와 아픔을 낭만과 아름다움으로 드러내는 모습. 기립박수 쳐 주고 싶을 만큼 부다페스트의 모습은 감동적이었다. "넘어질 때마다 항상 다시 일어섰던 당신의 아름다운 용기를 세상에 보여줍시다. 아픔을 극복하는 당신의 모습은 서글프게 아름답습니다."라고 이야기해주고 싶었다. 자신을 짓밟았던 도시와 견주어도 자신들의 문화와 예술은 어디에도 뒤지지 않는다고. 당신 민족은 역사적으로 강인함을 지닌 민족이었다고. 주눅 들지 않고 당당히 그 위엄과 아름다움을 드러내는 모습이 너무나도 멋있었다. 브람스의 '헝가리 무곡 5번'이 기개 있고 기품 있는 분위기에 힘을 더한다. 찰리 채플린의 영화 〈위대한 독재자〉에서 이발사를 연기한 찰리 채플린이 '헝가리 무곡 5번'에 맞춰 면도하는 장면이 떠오르더니 〈글루미 선데이〉의 한 대사가 떠오른다.

"이 노래는 사람들이 세상을 떠나게 하는 게 아니라 그 사람들의 떠나는 길을 행복하게 해준다."

페스트 지역으로 돌아가는 길, 요새에서 버스를 타고 가다 일부러 세체니 다리 앞에서 내렸다. 딱히 이유는 없었지만 세체니 다리는 무조건 걸어서 건너고 싶었다. 헝가리 사람들은 물론 세체니 다리에도 이야기를 심어 놓았다. 세체니 다리를 지키고 있는 사자상을 만든 건축가는 가장 완벽한 사자를 만들고자 했다. 그가 세체니 다리의 사자상을 세상에 공개한 날, 그는 자부심에 들떠 있었다. 하지만 한 아이가 엄마에게 묻는다. "엄마 왜 사자에 혀가 없어?" 그 말을 들은 조각가는 자신의 실수에 자괴감을 느껴 자살했다고 전해진다.

사실 사자상에 혀가 없진 않다. 아래에서 보면 없는 것처럼 보이지만 위에서 보면 혀가 있다. 희망도 그러할 테다. 희망이 없어 보이는 암흑 같은 현실 속에서도 분명 다른 길은 열려있다. 무겁고 침울한 시간 속에서 아름다움을 꽃피운 도시는 섣부른 위로가 아닌 따뜻한 공감의 도시였다.

아직 갈 길이 멀다고 하지만 헝가리는 중세 마차, 볼펜을 발명하고 세계 최초로 비타민 C를 추출하는 데 성공했으며 세계 최초의 컬러 TV를 만든 국가다. 원자탄 개발의 핵심 기술인 '핵 연쇄반응'을 밝혀 낸 나라도 헝가리다. 유럽 대륙에서 가장 오래된 지하철이 운행하는 곳도 이곳이다. 유럽에서 가장 먼저 지하철을 개통한 도시는 영국 런던이다. 헝가리는 두 번째지만 영국은 섬나라이므로 유럽대륙에서 가장 오래된 지하철이 다닌다고 홍보한다

가장 우울한 도시이자 가장 낭만적인 도시. 상처는 숨겨야 되고 가져서는 안 된다고 말하는 세상에서 상처도 그만의 아름다움을 지니고 있다는 사실을 홀로 증명하고 있는 도시였다. 부다페스트에서 종종 들었던 집시음악 같은 도시다. 구슬프지만 왠지 친숙하고, 알 수 없는 흥이 꿈틀대는 그런 도시가 부다페스트였다.

빈 여행

음/악/여/행

📍 비엔나

　하늘에 구름이 잔뜩 끼어있다. 묘지에 가기 참 좋은 날씨라고 생각했다. 검은색 옷을 갖춰 입고 빈 중앙묘지에 갔다. 이곳에서 예술혼을 불태웠던 음악가들을 조용히 만나고 싶었다. 한가로운 이곳 벤치에 앉아 그들이 만든 음악을 하나씩 듣고 있었다.

　이제는 사람들을 쳐다본다. 단체 관광객들이 왔다. 가이드는 이곳에 모차르트, 베토벤, 슈베르트, 요한 스트라우스, 브람스의 묘가 있다는 단조로운 설명을 장황하게 마치고 자유 시간을 준 뒤 내가 앉은 벤치 뒤에서 담배에 불을 붙였다.

　관광객들은 뭘 해야 할지 모르는 눈치다. 한 명이 먼저 카메라를 들고 사진을 찍자 그때서야 우르르 몰려 차례를 기다리며 사진을 찍는다. 사진을 찍은 사람들은 주변을 서성이거나 다시 순서를 기다려 더 좋은 사진을 찍기 위해 애쓰고 있었다.

　가이드의 설명을 들었지만 귀에 들어오지 않는다. 다른 사람이 하는 것을 따라 하다가 시간이 흐르고 이내 떠난다. 참 인생과도 닮았다. 이 땅에 불려 왔지만 뭘 해야 하는지 모른다. 잠시 고민하다 주변 사람들을 기웃거린다. 남들 하는 대로 살다가 다시 돌아간다.

　빈 중앙묘지를 찾기 전, 내 빈 여행도 이와 크게 다르지 않았다. 남

들이 빈에 와서 한다는 건 거의 다 해봤다. 빈의 심장부라고 불리는 링 주변을 트램을 타고 돌았다. 걸어서도 돌았다. 말의 분뇨 냄새가 진동하는 성 슈테판 성당에 오른 다음, 케른트너 거리, 그라벤 거리, 호어 마르크트 거리, 콜마르크트 거리, 플라이슈마르크트 거리를 걸었다. 오스트리아 동부에서 빚은 그뤼너 벨트리너 와인을 한잔 기울이기도 했고, 꼭 먹어야 한다는 슈니첼도 먹었다. 커피와 함께 황제가 먹었다는 초콜릿 케이크 '자허 토르테'와 우리가 알고 있는 비엔나 커피와 가장 비슷한 아인슈페너도 맛보았다. 아르누보 미술의 대가라는 클림트의 작품을 감상하고 아르누보 건축의 대가라는 오토 바그너의 건축물 사이를 서성였다. 저녁에는 필름 페스티벌에서 거대한 스크린 위에 공연도 감상했다.

영화 〈비포 선라이즈〉에서 제시와 셀린느의 추억이 담긴 곳도 찾아다녔다. 여러 업무를 처리하듯 찾을 때마다 하나씩 지우곤 다음 장소로 옮겨 다녔다. 빈의 공원에서 노숙하는 것만 차마 할 수 없었다. 같이 밤을 지새울 셸린느가 없었다. 쇤브룬 궁전에서 남들처럼 꽃밭을 배경으로 사진도 찍었다. 도나우 강을 바라보며 요한 스트라우스의 왈츠곡 〈아름답고 푸른 도나우〉를 들었다. 도나우 강가에서 왈츠를 듣는 일이 생각만큼 신나지는 않았다. 같이 빈을 하루 동안 동행한 B와 J가 없었다면 빈에서 한 번도 웃지 않았을 수도 있었다. 내 여행은 아니라는 공허한 기분이 들었다. '빈' 여행은 빈 여행이었다. 남들의 여행을 좇아 참 열심히도 걸었다. 지금까지 내 여행도 인생도 궁싯거리는 모습이었다.

하일리겐슈타트에 있는 베토벤의 집에서 그의 유서를 보고 오는 길에 나도 이 여행과 이 인생을 곱씹어보고 싶었다. 나는 이전까지 내 기분이 가라앉은 이유는 부다페스트의 우울을 떨쳐내지 못한 탓이라 생각했었다. 하지만 베토벤의 유서를 보고 나서 이 우울을 대하는 나의 자세가 정립되지 않았기 때문임을 깨달았다. 베토벤이 동생에게 쓴 유서는 결국 보내지 못했다. 어쩌면 유서가 아닌 자기 자신에게 쓴 편지일지도 모른다.

나는 이제 생의 마지막 순간에 와 있다.
너 죽음이여, 언제든지 와라!
너를 만나러 가겠다.

– 1802년 10월 6일, 베토벤의 유서 中에서

날씨만큼 침울한 마음을 달래고 싶어 눈에 띄는 화려한 카페에 자리를 잡았다. 일기를 쓰고자 노트와 펜을 들었다. 야외 테이블 대신 꼰 다리 위에 노트를 올렸다. 빈 종이에 펜을 대고 있지만 움직여지지 않았다. 종이를 왼손 엄지로 만지작거리기만 했다. 텅 빈 머리가 눈앞에 하얀 종이와 참으로 닮았다. 종이의 촉감이 좋은 걸까? 손톱으로 종이를 긁는 소리가 좋은 걸까? 글을 쓰며 마음을 정리하는 대신 비어있는 서로를 쓰다듬으며 위로했다.

종업원이 아름답게 꾸며진 종이를 들고 왔다. 메뉴판을 받아들고 잠시 고민을 했다. 우리나라에 '비엔나 커피'로 알려져 있는 아인슈페너는 일단 제외시켰다. 아인슈페너 이름 뜻대로 한 마리 말이 끄는 마차는 내 취향에 그리 맞지 않았다. 관광객들을 태우고 도는 마차에서 나는 똥냄새에 질린 탓일까? 사람들이 많이 먹는 비너 멜랑쥐를 주문했다. 비너 멜랑쥐는 비엔나 스타일 카페라떼다. 우유를 넣은 커피에 우유 거품을 올려준다.

주문을 하는데 웨이터의 질문이 쏟아진다. 종업원은 나에게 세세한 주문을 원했다. 원하는 커피 원두의 종류, 우유의 종류, 우유의 온도, 우유의 양, 우유 거품의 양을 묻는다. 커피에 대해 아는 척하며 우여곡절 끝에 주문을 마쳤다.

커피를 자주 마시긴 하지만 커피에 대해선 잘 모른다. 커피 원두의 차이에 대해선 조금 아는 편이지만 우유를 차갑게 넣을 때 내 입맛에 맞는지 뜨거울 때 더 맛있는지, 우유 거품 양은 어느 정도 넣어야 하는지 나에게는 크게 중요하지 않다. 그 미묘한 차이를 잘 모르기 때문이다. 사실 주변에서 커피를 마시고 있는 사람 중에 이 차이를 알고 커피를 마시는 사람이 몇이나 될까?

내가 서툰 인생을 사는 것도 시시한 여행을 하는 것도 어쩌면 미묘한 차이를 느끼지 못하는 우둔함 때문일지도 모른다는 생각이 들었다. 베토벤의 5번 교향곡 〈운명〉은 귀가 들리지 않을 무렵 우연히 들은 새소리에 영감을 얻어 썼다고 전해진다. 원래 이름은 5번 교향곡이지만 '운명은 이렇게 문을 두드린다.'라는 부제 때문에 우리나라에서는 운명이라는 이름으로 알려져 있다. 나는 운명이 두드림을 듣고 있는 걸까? 베토벤은 오히려 청각을 잃은 뒤에 이 위대한 작품을 썼다. 아마도 청력을 잃은 뒤 다른 감각이 들려주는 소리에 집중할 수 있었기 때문인지도 모른다.

나는 내면의 속삭임에 귀를 기울이는 대신 타인의 인생을 기웃거리고 있었다. 내 여행이 시시한 이유도 내 삶이 공허하게 느껴지는 탓도 나 자신에게 무관심했기 때문일 테다. 나에게 가장 관심을 받고 싶어 하는 것은 어쩌면 나 자신이 아니었을까?

모차르트의 도시에서
결핍을 만나다

📍 잘츠부르크

음악의 도시 잘츠부르크, 중세의 모습을 간직하고 있는 모습이었다. 물론 거리를 가득 메우고 있는 것들은 기념품 상점 아니면 글로벌 기업의 체인점이지만 아름다운 건축물에는 멋진 간판들이 매달려 있다. 잘츠부르크보다 마차가 어울리는 도시는 찾기 힘들다.

잘츠부르크는 영화 〈사운드 오브 뮤직〉이 배경이 된 도시며, 천재 음악가로 불리는 모차르트와 세계적인 지휘자 카라얀의 도시다. 모차르트의 도시답게 모차르트 생가와 모차르트 박물관이 있으며 어디서나 모차르트 음악을 감상할 수 있다. 모차르트의 얼굴이 거리에 백만 개쯤 있다. 디즈니랜드에서 미키마우스의 얼굴을 흔히 볼 수 있는 것처럼 모든 기념품에는 모차르트의 얼굴이 그려져 있다.

사실 잘츠부르크는 모차르트가 사랑했던 도시는 아니었다. 이 도시를 매우 갑갑하게 생각했고 탈출하기 위해 수단과 방법을 가리지 않았다. 오스트리아 사람들도 지금처럼 그를 신처럼 떠받들지도 않았다.

이 도시에서 그는 잘츠부르크 대주교의 음악 노예였을 뿐이었다.

모차르트는 사실 사후에 유명해진 인물이다. 모차르트 사후에 천재주의 담론이 유행하기 시작하면서 재조명받기 시작했다. 당시 사람들은 그를 영재로 봤을 뿐 천재라고 생각하지는 않았다. 모차르트가 당시 사람들에게 주목을 받았을 때는 어렸을 때였을 뿐, 그의 인생 대부분은 평범한 음악가로 평가받으며 지냈다. 생계를 위해 귀족 부인들에게 피아노 레슨을 하고 레슨용 교재를 만드는 일을 하기도 했었다.

성인이 되어서는 '표절의 천재', '초보 수준의 작곡가'라는 세상의 손가락질을 받기도 했다. 35세의 나이로 홀로 숨을 거두고 관이 아닌 포대기에 싸여진 채 노숙인들의 시체와 함께 공동묘지에 던져졌다. 그의 장례를 두고도 많은 설들이 있지만, 그의 시체는 어디에 있는지 아무도 모른다는 점은 명백한 사실이다. 장례식 기록 하나 남아있지 않고 시체조차 오리무중인 점을 보면 그 당시 사회가 그를 어떻게 대우했는지는 자명하다. 그의 작품이 처음 성공적으로 정리된 때는 그가 죽은 지 70년이 넘은 1862년 루트비히 폰 쾨헬에 의해서였다.

모차르트는 그만큼 유명한 그의 아버지 레오폴드의 7번째 자녀였다. 첫 번째 자식부터 다섯 번째 자식까지 모두 5살 이전에 죽었기 때문에 모차르트에 대한 애착이 그만큼 강할 수밖에 없었다. 레오폴드는 당시 유명한 연주자는 아니었지만, 능력 있는 음악 교육가였으며, 당시 그가 만든 음악 교본은 상당히 유명했다. 음악 교육에 탁월한 아버지 밑에서 모차르트는 살벌하게 교육을 받았다. 음악 이외의 것은 모두 거세당한 채 살아야 했다. 10살도 되지 않은 아이를 데리고 3년 6개월이라는 긴 시간 동안 유럽 각지를 돌아다니며 해외 공연을 다녔다. 성인이 슬슬 놀면서 3년 6개월 여행 다녀도 대단하다고 인정받는데, 어린아이가 목숨을 잃을 뻔한 위기를 넘겨가며 쉬지 않고 유럽을 떠돌면서 연주를 했다는 것은 실로 대단한 일이다. 이를 보고 한 독일의 귀족은 진정한 예술과 천박한 서커스 사이에서 양다리를 걸치고 있다며 레오폴드를 비난했다.

이 어린 모차르트가 이 고단한 연주여행을 견딜 수 있었던 것은 인정욕구다. 그는 사람들에게 사랑을 받기 위해 그의 천재성에 노력을 더했다. 기록을 보면 어린 모차르트가 어른들에게 자주 했던 질문은 "나를 사랑하세요?"였다. 그는 사람들에게 인정받기 위해 그가 잘하는 음악에 지독하게 몰두했다. 그를 훌륭한 음악가로 키운 것은 단지 음악적 재능만이 아니라 어쩌면 어린아이의 칭찬과 사랑에 대한 갈구였는지도 모른다.

모차르트를 다시금 유명하게 만들었지만, 허구적인 설정 때문에 모차르트의 삶을 오해하게 만든 영화 〈아마데우스〉와는 달리 모차르트는 엄청난 노력파였다고 한다. 조아키노 로시니는 모차르트가 "천재성만큼 지식을 가지고 있으며, 지식만큼 천재성을 가지고 있는 유일한 음악가"라고 말했다. 실제로는 영화에서처럼 번뜩이는 영감을 받아 거침없이 단 한 번에 곡을 써내려가지 않았다. 끊임없이 수정하고 다듬었다. 그의 음악적 지식과 기법은 오랜 시간 동안 이전 시대의 음악을 연구하면서 발전했다. 실제 그는 젊은 시절에 당대 내려오던 작품들을 분석하지 않은 게 거의 없었다 할 정도로 많은 노력을 했다.

| 상처 위를 거닐다

그가 괜찮은 수입이 있었음에도 많은 빚에 허덕인 것은 씀씀이가 컸기 때문이고, 당시 프리메이슨에서 활발히 활동한 것도 자신의 사회적 영향력을 과시하고자 했기 때문이었다. 나는 그가 8세 때 교향곡 1번을 작곡하고, 11세에 첫 오페라를 작곡한 것, 15세 전에 100여 곡을 작곡한 업적을 남긴 것도 인정욕구가 큰 몫을 담당했다고 생각한다. 나는 무엇을 갈망하고 그 갈망을 어떤 방법으로 충족시켜 나가고 있는가? 모차르트의 삶은 남과는 조금 다른 방식으로 귀감이 되어주었다.

모차르트 음악에 열광하는 것에 한 발짝 벗어나 잘츠부르크를 여행했다. 그의 음악은 연주하기 쉽지만 제대로 연주하기는 아주 어렵다고 한다. 나는 그의 음악을 제대로 감상할 수 있는 음악적 감수성이 없다. 모차르트로 잘츠부르크 여행을 가득 채우지 않기로 했다. 그의 누나 난넬의 흔적을 찾았다. 그녀의 시신은 영화 〈사운드 오브 뮤직〉의 종반부에 트랩 일가가 숨어 있는 곳으로 유명한 잘츠부르크 성 페터 교회의 묘지에 안치되어 있다. 레오폴드의 여섯 번째 자녀이자 훌륭한 음악가였던 난넬은 모차르트와 같은 천재성을 지니고 있었다. 동생과 같이 연주여행을 하면서 엄청난 찬사를 받았던 그녀의 가장 큰 흠은 여성이라는 점이었다. 긴 연주여행 중 어머니가 죽자 그녀는 가사를 돌봐야 했다. 당시 사람들에게 그녀는 더 이상 촉망받는 음악가가 아니었다. 혼기를 넘은 노처녀일 뿐이었다. 그녀는 결국 자신의 음악을 인정하고 사랑해주는 잘츠부르크 사람들을 위해서만 피아노를 쳤다.

사랑하는 사람이 있었지만, 아버지는 가문을 위해 그녀를 자녀가 5명이나 딸린 홀아비 남작에게 시집을 보냈다. 난넬은 남편이 죽은 후에 잘츠부르크로 돌아와 피아노를 가르치며 죽은 동생의 작품을 정리했다. 난넬의 음악노트는 후세 사람에게 모차르트를 가장 잘 알려주는 자료가 되었다.

지금 그녀를 기억하는 사람은 많지 않다. 대부분 이곳에 와서 잘 챙겨 듣지 않았던 모차르트 음악에 열광하고 할슈타트를 비롯한 다른 도시로 떠난다. 나는 모차르트를 향한 의미 없는 동경을 하는 대신 시대의 희생양이 된 한 여자를 기억하는 일이 내게는 더 적합하다고 생각했다.

인정받기 위해 모든 능력을 쏟아 붓는 한 천재가 아닌 묵묵히 자신의 운명을 마주한 다른 천재의 삶이 잘츠부르크에 숨어 있었다. 잊혀버린 그녀를 기억하고 기리는 일이 내 여행에 더 어울렸다.

여행 속 여행

📍 브라티슬라바

긴 여행을 하다 보면 여행도 일상이 된다. 그러다 보면 문득 여행을 하고 싶다는 생각을 마주친다. 여행을 하고 있는데도 여행이 하고 싶은 아이러니한 순간이다. 아무 정보도 없는 곳에 가서 전에 어떠한 경로로도 접하지 못했던 풍경을 감상하며 잠깐 쉬었다가 오고 싶은 충동을 느낀다. 나에게도 여행을 정리하고 재정비할 시간이 필요했다.

이때 주의할 점은 하나다. 너무 반하지 말 것. 장기 여행자들은 예상치 못한 곳에서 발목을 잡히곤 하는데, 그곳은 대부분 전혀 생각지도 못했던 장소다. 그곳이 나에게는 슬로바키아의 수도 브라티슬라바였다. 당일 일정으로 와서 다행히 발목 잡히지는 않았지만, 마음은 홀딱 빼앗겼다. 꼭 다시 오리라 다짐했던 얼마 안 되는 나라 중에 하나였다.

　오스트리아 수도 빈에서 차로 1시간 거리에 위치해 수도 간에 거리
가 가장 짧다. 도나우강을 따라 배를 타고 올 수도 있었지만, 버스를
이용했다. 헝가리 부다페스트, 오스트리아 비엔나 그리고 슬로바키아
의 브라티슬라바는 모두 두나이강에 위치하고 있어 배를 타고 이동할
수 있는 각 세 나라의 수도다. 이 여행방법은 다시 이 도시들을 만날
때를 위해 남겨놓았다.

　1990년 공산주의가 몰락하고 1993년 체코와 분리되면서 독립국가
가 되었다. 그래서 나이가 조금 있는 사람들에게는 아직까지 체코슬로
바키아라는 이름이 편하기도 하다.

옛 4개의 성문 중에 현재 유일하게 남아있는 미하엘 탑문에서 구시가지로 들어섰다. 탑문 아래에 브라티슬라바를 기점으로 세계 주요 29개 도시까지의 방향과 거리를 나타낸 '제로 킬로미터'라는 동판이 있다. 신기하게도 서울이 표시되어 있다. 서울과 8,138km 300m 떨어져 있는 레스토랑에서 감자전분으로 만든 브린조베 할루슈키를 비롯해 슬로바키아의 전통음식들로 점심을 먹었다. 식당에서 마주치는 풍경은 정겹고 명랑한 느낌이 가득하다. 관

광객들과 현지인들이 적당한 비율로 모여 이곳에서 모두 한가로이 시간을 보내고 있었다. 그 사이로는 빨간 미니 트램이 지나다닌다. 광장 주변을 거닐면서 나도 한가롭게 여유로운 시간을 보냈다.

슬로바키아는 중부 유럽에서 예쁜 여성들이 가장 많은 나라로도 유명하다. 하지만 이곳에서 여행자들을 가장 즐겁게 해주는 것은 거리 곳곳에 숨어있는 기발한 동상들이다. 물론 예쁜 여성일 수도 있다. 브라티슬라바를 다녀온 남성 여행자들은 여자들에 대부분 엄청난 감탄을 표현하곤 했다 중앙광장에서 볼 수 있는 동상은 나폴레옹 동상이다. 중앙광장에서 상체를 벤치에 숙이고 있는 모습이 마치 벤치에 앉아있는 사람들의 말을 훔쳐 들

는 듯하다고 해서 '훔쳐 듣는 동상'이
라고 부르기도 한다. 가장 인기 있는
동상은 맨홀 동상인 'Man at work'
이다. 맨홀 뚜껑을 열고 상체만 내
밀고 있는 이 동상은 지나가는 사람
들을 훔쳐보고 있다 해서 '엿보는 사
람'이라는 뜻의 '추밀' 동상이라고 불
린다. 그 외에 손에 카메라를 들고
Laurinska 거리를 찍고 있는 파파라
치 동상과 말끔한 정장을 입고 실크
해트를 든 Schoner Naci 동상 등 참
신하고 기발한 조형물들이 구시가지
여행을 더욱 즐겁게 만들고 있었다.

슬로바키아 국민 시인인 파볼 오르사그 흐베즈도슬라브의 이름을
딴 흐베즈도슬라브 광장을 지나 브라티슬라바 요새에 올랐다. 슬로바
키아 민족운동이라는 뜻을 가진 SNP 다리가 두나이강을 멋있게 이
어주고 있다. 두나이강 남쪽으로는 현대적인 도시 분위기와 나무가
우거진 숲이 조화를 이루고 있고, 강 북쪽으로는 중세의 모습이 가득
하다. 구시가지 뒤로는 아직 허름한 도시 모습이 공산주의 시절의 도
시 모습을 흐릿하게 보여준다. 동유럽의 모든 모습이 이 도시 안에 있
다고 해도 과언이 아니다. 하나의 특색으로 압도하는 것이 아니라 아
기자기하게 정겹다.

　화려하고 웅장하지 않지만 아늑하고 편안하다. 대도시의 화려한 코
스요리가 아닌 밝은 성격이 가진 아낙네가 정성껏 차린 소박한 시골
밥상 같은 도시였다.

웃는 분장을 한
슬픈 삐에로

📍 프라하

한 남자가 여자에게 묻는다.
'그를 사랑해?'를 체코어로 뭐라고 해?
밀루 에쉬 호?
미루 에쉬……
여자는 답한다.
밀루유 떼베. (너를 사랑해)

여자는 남자에 대한 사랑을 모국어에 숨겨서 표현한다. 영화 〈ONCE〉의 한 장면이다. 아마도 한국에서 그나마 알려진 체코어는 아마 '밀루유 떼베Miluju tebe'일 테다. 체코 출신의 여주인공이 사랑을 숨기듯, 프라하는 이방인에게는 그 아픔은 숨긴다. 로맨틱한 아름다움만을 드러낸 채 이방인 여행자들을 맞이한다.

이 도시는 예술의 고장이기도 하다. 드보르작과 스메타나의 주 무대였으며, 모차르트가 가장 사랑했던 도시다. 모차르트는 잘츠부르크에서 외면받았던 〈피가로의 결혼〉으로 이곳에서 흥행에 성공하게 되고 자신을 알아준 프라하를 위해 교향곡 38번 〈프라하〉를 작곡했다. 또한 프라하에서 머물면서 〈돈 지오반니〉를 작곡해 프라하 스타포브스케 극장에서 초연을 했다. 『참을 수 없는 가벼움』을 쓴 밀란 쿤데라와 『변신』을 쓴 프란츠 카프카의 고향이기도 하다. 수많은 문학과 예술작품의 배경이 되었으며 나의 학창시절 목숨 걸고 수업시간에 몰래 봤던 만화책 우라사와 나오키의 〈몬스터〉의 배경이 된 도시다.

내가 힘든 시간을 보내는 동안 나를 따뜻하게 위로했던 책은 밀란 쿤데라의 『참을 수 없는 존재의 가벼움』, 프란츠 카프카의 『변신』, 파울로 코엘료의 『흐르는 강물처럼』이다. 세 작품 모두 프라하와 관련이 있다. 그래서 난 이곳에 오고 싶었다.

『참을 수 없는 존재의 가벼움』에는 삶과 죽음에 대한 깊이 있는 성찰이 담겨 있다. 참을 수 없는 생의 가벼움과 무거움을 오가는 그의 이야기는 내게 어떤 면에서는 큰 깨달음이자 위로였다. 모든 무거운 인생의 역경은 '우연'이라는 너무나도 가벼운 동기로 찾아온다. 우리의 존재는 너무나도 가볍기 때문에 우리는 항상 무거운 무엇인가를 갈구하기도 한다. 무거운 사랑이나 사명 같은 것들 말이다.

인생이란 한 번 사라지면 두 번 다시 돌아오지 않기 때문에 한낱 그림자 같은 것이다. 그래서 산다는 것에 아무 무게가 없고, 우리는 처음부터 죽은 것과 다름이 없어서 삶이 아무리 잔혹하고 아름답고 혹은 찬란하다 할지라도 그마저도 무의미한 것이다.

– 밀란 쿤데라, 『참을 수 없는 가벼움』

『변신』의 주인공 그레고르는 사고 이후 완벽한 나의 모습이었다. 어느 날 아침, 거북한 꿈에서 깨어나면서, 자신이 괴물 같은 벌레로 바뀐 것을 발견한 그레고르. 어느 날, 사고를 당하고 몸이 성하지 않아 회사를 뜻하지 않게 못다니게 된 나. 그와 나는 더 이상 돈을 벌 수 없는 벌레에 지나지 않았다.

"그 삶이 너무나 고통스러워 매일 아침 악마에게 내 삶을 가져가 달라고 기도했었죠. 내 모습이 공포스럽다면, 사라지겠습니다. 그렇게 나는 눈을 감았다. 가족들은 처치 곤란했던 짐이 없어져 홀가분해 했다. 그리고 소풍을 떠났다."

소설 속 그레고르의 이야기이자 나의 이야기였다. 학창시절에 이 작품을 접했을 때는 하품에 눈물이 나올 것 같았지만 사고 이후, 이 책을 읽을 때는 눈시울이 뜨거워졌다. 책의 글자가 종종 흐릿하게 보이곤 했다. 나도 내 몸에 사과가 박혀 썩어가는 기분으로 하루하루를 견디고 있었다.

파울로 코엘료의 『흐르는 강물처럼』은 나에게 정말 따뜻한 위로가 되었다. 내가 어떤 모습이든 나의 가치는 변하지 않는다는 위로를 내게 던져주었다. 이 책을 읽고 프라하를 꼭 오리라 생각했었다. 비록 겨울이 아닌 여름에 왔지만, 프라하는 문밖에 있는 하나의 정신적 유토피아였다. 나는 그렇게 '문지방^{프라하의 지명 뜻}'을 넘어 이곳에 도착했다. 『변신』이 출판된 지 딱 100년 뒤에.

> 삶도 그런 것이다. 어이없고 하찮은 우연이 삶을 이끌어 나간다.
> 그러니 뜻을 캐내려고 애쓰지 마라. 삶은 농담인 것이다.
>
> – 은희경, 〈새의 선물〉

♀ 프란츠 카프카

카프카는 1883년 유대인 집안에 장남으로 태어났다. 그는 문학도에 꿈을 꾸었지만, 아버지의 강요로 프라하 대학에서 법학을 전공했다. 졸업 후 노동자 산재보험 공사에서 일하며 밤마다 글을 썼다.

그의 간절한 열망과 만만치 않게 갑갑한 현실. 그 속에서 감당해야 했던 인내와 고뇌가 그의 작품에 녹아있다. 그의 손길이 묻어 있는 프라하 곳곳을 걸었다.

그가 살았던 황금소로 22번 집. 황금소로는 성을 지키던 병사들의 초소였지만 무기의 발달로 그 역할을 상실하면서 하층민들과 연금술사들이 살았던 곳이다. 납을 황금으로 바꾸기 위해 살았던 연금술사. 납 같은 인생에서 황금을 꿈꿨던 도시의 빈민들. 불가능한 꿈을 꾸었던 이곳에서 카프카는 납과 같은 현실의 한계 속에서 금 같은 작품을 탄생시켰다.

22번 집은 이제 기념품 가게로 변해있다. 프라하에는 카프카의 흔적이 남은 곳이 서른 곳이 넘지만, 카프카 박물관을 제외하고는 모두 상점이 들어서 있다. 이방인인 나는 카프카를 작가로 존경하지만, 식민시절 조국을 등지고 살았던 카프카는 체코인들에게 큰 사랑을 받지 못하고 있는 현실이다.

📍 상처의 도시 프라하

많은 사람들은 프라하를 연인의 도시, 로맨틱한 도시로 부른다. 프라하는 나에게 상처의 도시다. 사랑의 도시는 결국 상처의 도시다. 모든 사랑은 결국 상처와 아픔이다. 그럼에도 불구하고 빠지는 게 사랑이다. 때로는 상처의 깊이가 사랑의 깊이를 재는 척도가 된다. 프라하의 상처는 여느 도시들과 달리 단순히 권력싸움의 희생양이 되었다기보다는 자유를 위해 투쟁해 온 영광의 상처들이 많다. 자유에 대한 갈망보다 더 큰 권력은 없다.

"역사 또한 무시무시한 것이다.
 왜냐하면 이는 너무나도 자주 성숙되지 아니한 자들의
 놀이터가 되어왔다."
 – 밀란 쿤데라, 『농담』

📍 종교 개혁과 얀 후스

내가 이곳을 방문한 2015년은 얀 후스의 순교 600주년이 되는 해다. 체코 사람들의 존경을 받고 있는 카를 4세가 통치하던 시절 프라하는 전성기를 맞이한다. 체코의 왕인 그가 신성로마제국 황제가 되면서 프라하를 수도로 정했다. 그는 카를교, 성 비투스 대성당, 카를 대학교, 신시가지를 건설했고 많은 수도회와 성당이 이 보헤미아 땅에 지어진다. 이렇게 모이게 된 성직자들의 횡포로 당시 타락한 가톨릭에 대한 반감이 싹트기 시작한다. 흔히 알고 있는 종교 개혁가인 마틴 루터보다 100년 앞서 이 땅에 종교개혁이 시작된다.

프라하에서 태어나 당시 가톨릭의 부패를 문제 삼았던 성직자 예로 님과 신학 교수 얀 후스는 교회 개혁을 일으킨다. 얀 후스가 이 개혁 의 중심이 되어 전면에 나서게 된다. 그는 민중의 구원이 교회에 노역 과 재물을 바치면서 얻어지는 것이 아니라 성서의 가르침을 지킴으로 달성된다는 사실을 설파한다. 그는 다른 성직자들과는 다르게 돈에 욕심도 없었다. 그는 자신의 수입을 다른 사람들과 나누었으며, 그의 사상을 따르던 사람들도 재산을 공동 분배해서 살았다. 성경에 나오 는 초대 교회의 모습이다. 이 때문에 최초의 공산주의자들로 평가받 기도 한다.

성서를 기초로 한 그의 신앙 철학은 많은 사람들의 지지를 받게 된다. 이는 가톨릭의 반감을 사게 되고 결국 종교 재판을 받게 된다. 카를 4세의 뒤를 이어 황제가 된 둘째 아들 지그문트가 얀 후스를 끌어내기 위해 가톨릭 공의회에 참석하는 동안 신변을 보호해주겠다는 약속을 한다. 자신의 신앙관을 피력하기 위해 공의회에 참석하지만, 황제의 약속은 지켜지지 않았다. 결국, 그는 1415년 7월 6일 화형에 처해진다. 1416년에는 예로님마저 화형에 처해지자 프라하 내의 민중들은 1419년 13명의 시청 관리들을 창으로 찔러 창문 밖으로 내던진다.

이는 결국 후스 전쟁으로 이어지게 된다. 이는 프라하에서 있었던 제1차 창외 투척 사건이다. 정부군과 후스파 사이에 내전이 일어나게 되고 민중들의 지지를 받은 정부군은 쉽게 그들을 진압할 수 없었다. 로마 교황청은 이를 제압하기 위해 십자군을 보헤미아로 보냈다. 후스파의 무기는 농기구뿐이었지만 네 차례의 십자군 파병은 실패로 돌아간다. 15년 동안 이어진 전쟁으로 양쪽 모두 피해가 컸지만, 보헤미아 땅에는 종교의 자유가 주어진다. 1457년 개신교인 후스파 가문에서 왕이 즉위하는 일도 있었다.

📍 합스부르크의 통치와 종교의 자유 상실

하지만 이 종교의 자유도 100년도 못 가 다시 무너지고 만다. 1526년, 체코 왕국은 다시 가톨릭 합스부르크의 통치를 받게 된다. 이슬람 세력인 오스만 제국이 발칸반도까지 영역을 넓히자 1618년 합스부르크 왕조는 보헤미아 땅에서 종교의 자유를 인정한다는 약속을 파기한다. 민중들은 다시 종교적 자유를 얻고자 프라하 성으로 향했고 그들과 말이 통하지 않자, 1618년 5월 23일 합스부르크 왕실 통치자 2명과 비서관 1명을 프라하 성 꼭대기 창에서 밖으로 내던졌다. 이는 제2차 창외 투척사건으로 30년 전쟁의 신호탄이 되었다.

　가톨릭의 승리로 보헤미아의 후스파를 비롯한 개신교^{프로테스탄트}는 철저히 탄압을 받았고, 보헤미아 귀족 또한 몰락하게 된다. 전쟁에서 이긴 가톨릭은 보헤미아 귀족들에게 가톨릭으로 개종하거나 보헤미아 땅을 떠나라고 명하게 된다. 그들은 재산을 몰수당하고, 개신교가 뿌리내리기 시작한 독일로 떠나거나 죽임을 당했다. 보헤미아는 몰락하게 되고 그 후 1918년 제1차 세계대전이 끝나고 체코슬로바키아 공화국으로 독립하기까지 합스부르크 왕조의 400년 통치를 받게 된다. 이 기간 동안 체코인들은 강압적인 가톨릭화와 독일화로 권력과 부를 잃었고, 그들의 국가 정체성마저 잃을 뻔했다. 이런 역사 때문에 프라하뿐만 아니라 체코 전역에 남아있는 바로크 양식의 성당에서는 미사를 보지 않는다. 전 세계의 성당 대부분은 가톨릭의 소유지만 체코의 성당들은 전부 국가소유다.

20년마다 타오르는
저항의 불길

📍 I. 나치의 지배와 해방

약 20년 동안 주권 국가의 명맥을 이어가던 중 독일의 히틀러가 세계 2차 대전을 일으킨다. 지리적 특성 때문에 체코에는 독일인들이 많이 거주하고 있었다. 그중 체코슬로바키아의 서부지역의 많은 사람들은 나치를 지지하고 있었다. 덕분에 나치는 손쉽게 체코를 점령한다. 1939년 11월, 프라하의 젊은이들이 대규모 나치 반대 시위를 한다. 11월 17일, 나치 독일은 체코슬로바키아의 모든 대학들을 폐쇄하고 1,200여 명의 학생들을 집단 수용소로 강제 연행한다. 시위 주동자로 지목된 9명은 총살당한다.

1945년 5월, 독일이 패망하자 프라하 시민들이 독일의 무력에 대항해 일어났다. 성공적인 체코의 저항에 나치군들은 후퇴하기 시작했다. 소련군이 이곳에 도착하면서 나치군은 완전히 퇴각한다. 7년의 나치 통치 기간, 많은 체코 지식인들은 살해당했고, 독일인들은 체코인들 대부분을 지하로 몰아냈다. 수천 명의 체코슬로바키아 유태인들은 나치의 강제 수용소에서 죽어갔다. 다시 독립 국가가 된 체코슬로바키아는 그들의 압제자를 단죄하기 위해 독일인과 헝가리인들의 대대적인 추방을 강행하였다.

♀ II. 공산주의의 유입과 프라하의 봄

하지만 소련의 지배하에 들어가면서 공산주의가 이 땅에 스며든다. 소련의 도움을 받는 동안 체코 공산당의 지지는 강해지고 민주화 세력의 힘은 약해진다. 1946년 선거에서 36%의 지지를 얻은 공산당이 다수당이 되었다. 1950년대는 공산주의 경제 정책이 나라를 파산 직전으로 몰아넣으면서 가혹한 억압과 쇠락이 시작된 시기였다. 많은 사람들이 투옥되었고, 수백 명이 처형되거나 집단농장에서 목숨을 잃었다. 이유는 '민주주의에 대한 믿음' 때문이었다. 표현, 출판, 집회의 자유는 허락되지 않았고 모든 글은 검열당했다.

1960년대에 체코슬로바키아는 점진적인 자유화를 맞게 된다. 1968년 슬로바키아 당수였던 알렉산더 두브체크가 새로운 총리가 되었다. 그는 '인간의 얼굴을 한 사회주의'를 표방하며 완전한 민주주의와 검열제도 종식에 대한 국민들의 열망을 실행에 옮겼다.

소련은 여러 차례 강하게 압박하다 결국 1968년 8월 20일 바르샤바 연합군과 함께 프라하 바츨라프 광장에 탱크를 밀고 들어온다. 약 20년 전 나치로부터 프라하를 해방하기 위해 왔던 소련군이 프라하를 점령하러 온 것이다. 프라하의 시민들은 평화적 시위로 대응한다. 탱크에 맨몸으로 맞서고 총구에는 꽃을 꽂는다. 한 외신기자에 의해 이 저항은 '프라하의 봄'으로 불리게 된다.

소련군은 맨몸으로 대응하는 평화적인 시민들을 향해 무차별 발포 명령을 내렸다. 프라하의 봄 다음 날 저녁까지 58명이 사망했다. 프라하의 봄은 실패로 끝났지만, 항쟁은 계속 이어졌다. 1969년 1월 16일 대학생들은 분신 투쟁을 이어가기로 한다. 첫 번째 학생은 프라하 대학의 학생인 얀 팔라흐다. 그는 바츨라프 광장에서 분신자살을 감행한다. 그는 병원에서 마지막 말을 남기게 된다.

"내가 분신을 한 이유는 소련의 침략에 대항하기 위함이 아니다. 소련의 침략에도 대수롭지 않게 살아가는 대부분의 체코인을 일깨우기 위함이다. 침묵으로 일관하는 그들의 무관심한 태도를 변화시키고 싶었다."

이어서 얀 자이츠가 분신자살을 하고 얼마 뒤에는 이흘라바에서 에브셴 플로체크가 분신자살을 했다. 총리였던 두부체크는 권력을 빼앗기고 슬로바키아 숲 속으로 추방당했다. '인간적인 사회주의'에 대한 신념을 포기하지 않은 14,000명의 당 간부들과 50만 명의 당원이 당에서 제명되어 직업을 잃었다. 전체주의 지배원리가 다시 세워졌고, 반대파는 투옥되었다. 이 시대를 배경으로 밀란 쿤데라의 『참을 수 없는 가벼움』이 쓰였다. 이들은 무거운 세월 속에서 너무나도 가볍게 죽어갔다.

"사회적 전환기의 최대 비극은 악한 사람들의 거친 아우성이 아니라, 선한 사람들의 소름 끼치는 침묵이었다."

– 마틴 루터 킹

악은 때론 적극적인 지지자보다는 방조자를 필요로 한다. 보통의 사람들이 자신을 검열하고 침묵 속에 각자를 묻어둘 때 악은 거대한 힘을 얻곤 한다.

나치는 우선 공산당을 숙청했다.
나는 공산당이 아니었으므로 침묵했다.
그다음엔 유대인을 숙청했다.
나는 유대인이 아니었으므로 침묵했다.
그다음엔 노동조합원을 숙청했다.
나는 노조원이 아니었으므로 침묵했다.
그다음엔 가톨릭교도를 숙청했다.
나는 개신교도였으므로 침묵했다.
그다음엔 나를 숙청했다.
그 순간이 이르자 나서줄 사람이 아무도 남아 있지 않았다.
– 독일 신학자 마르틴

♀ Ⅲ. 벨벳 혁명

바츨라프 광장에서 얀 팔라흐가 분신자살을 한 지 20년이 지난 1989년, 다시 혁명의 시대가 도래한다. 20년 동안 '정상화'라는 명목하에 소련의 탄압과 공산당의 폭정은 더욱 심해졌다. 1989년 11월 17일 프라하의 젊은이들이 1939년 나치에 의해 처형된 9명의 학생들을 추모하는 의미에서 시위를 벌였다. 그러나 5만 명의 평화적인 시위대는 궁지에 몰렸고, 약 500여 명이 경찰에 폭행을 당했고 100여 명이 체포되었다. 이 사건으로 11월 18일부터 12월 말까지 대규모 시위가 이어지게 된다. 11월 20일에 프라하에 운집한 평화 시위자의 수는 전날 약 20만 명에서 50만 명으로 불어났다.

바츨라프 하벨을 선두로 한 반대파들은 반공산주의 동맹을 조직하여 정부와 협상에 나서 12월 3일 정부 퇴진을 약속받았다. '국민이 인정한 정부'가 만들어진 것이었다. 12월 29일 하벨은 대통령으로, 두부체크는 국회 대변인으로 선출되었다. 11월 17일을 계기로 한 이 시위는 사상자가 없었다는 이유로 '벨벳 혁명'이라 불린다. 1990년 6월에 체코슬로바키아는 1946년 이래 처음으로 민주적인 선거를 치렀다.

공산 정권 피해자 위령비에 가면 이런 문구가 기록되어 있다.

공산당 일당 독재체제가 시작된 1948년부터
벨벳 혁명으로 민주 정권이 들어선 1989년까지
205,486명이 체포
170,938명이 강제추방
4,500명이 감옥에서 죽었다.
327명이 탈출을 시도하다 총을 맞고 죽었다.
248명이 처형되었다.

프라하 거리에서
울고 다니는 여자

"희생자들의 고통이 정말 얼마나 사람을 아프게 하는가를 알려면, 한 방울의 눈물이 엄청난 무게라는 것을 사람들이 잊지 않으려면, 그 냄새를 맡아보는 것이 좋을 것이고 또 그것을 말하는 것이 중요한 것이다."

"추상적인 시간이란 없었다. 시간은 항상 그 시간을 떠메고 가는 어떤 몸의 시간이고 산 자의 역사의 시간이다. 그래서 시간은 이 파열 된 순간 푸른빛이 도는 그을음 빛으로, 그곳에서 천 킬로미터나 떨어진 곳의 침상에 병으로 부서진 몸으로 쓰러져 있는 어떤 사람의 시간이라는 것이 판명되었다. 호흡도 뼈도 다 상처 입은 어떤 사람."

"한순간 삶이 거기에 있고 우리는 세상 속에 있다. 우리는 세상의 속살에, 한복판에 있어서 마침내 세상의 의미와 충만한 아름다움에 닿고 있다는 느낌을 받는다. 한순간, 삶이 바로 여기에 빛나고 있고 세계가 우리에게 주어졌다. 그것은 오래 지속되지 않지만, 흔적들을 남긴다."

– 실비 제르맹, 〈프라하 거리에서 울고 다니는 여자〉

그 흔적을 따라 프라하를 걸었다. 바츨라프 광장에서 국민들의 마음을 깨우기 위해 자기 몸을 산화시킨 두 청년을 위로하고 그 광장이 목격해야 했던 수많은 사람들의 외침과 폭력의 현장을 한참 동안 바라보기도 했다. 유대인 지구를 서성이기도 했다. 프라하의 봄 이후 더욱 잔혹해진 억압을 견뎌야 했던 체코 국민들을 위로해 주었던 비틀즈. 존 레논을 추모하는 메시지가 페인트로 겹겹이 덮인 존 레논의 벽, 사람을 창밖으로 던지면서 자신들의 자유를 지키고자 했던 프라하 성을 거닐며 그 고통의 냄새를 따라 다녔다.

영원한 회귀

- 카를교

　카를교 아래로 블타바강이 흐른다. 많은 사람들이 이 다리 위를 걷
고 있다. 많은 사람들이 소원을 빌기 위해 정해진 규칙대로 동상에
손을 갖다 댄다. 그리고 그 모습을 카메라에 담고 있다. 관광객들을
상대로 그림을 그리는 사람. 마리오네뜨로 공연을 하는 사람. 다양한
인종과 나이대의 사람들이 무수히 오고 가며 마주친다.

내가 서 있는 카를교는 1357년 9일 7월 오전 5시 31분에 공사가 시작되었다. 서양에서는 월月보다 일日을 먼저 쓰므로 숫자를 나열하면 135797531이다. 또, 다리의 교탑에는 이런 문구가 쓰여 있다고 한다.

SIGNATESIGNATEMEREMETANGISETANGIS
ROMATIBISUBITIMOTIBUSIBITAMOR
(알린다. 알리고 경고한다. 나를 건드리면 죽음을 면치 못할 것이다.)

이 문구도 왼쪽에서 읽으나 오른쪽에서 읽으나 똑같이 읽힌다. 둘 다 반복되고 회귀하는 원형을 띠고 있다. '영원성'을 상징한다.

"우리 인생의 매 순간이 무한히 반복되어야만 한다면, 우리는 예수 그리스도가 십자가에 못 박혔듯 영원성에 못 박힌 꼴이 될 것이다. 이런 발상은 잔혹하다. 영원한 회귀의 세상에서는 몸짓 하나하나가 견딜 수 없는 책임의 짐을 떠맡는다. 바로 그 때문에 니체는 영원회귀 사상은 가장 무거운 짐이라고 말했던 것이다."
   – 밀란 쿤데라, 『참을 수 없는 존재의 가벼움』

카를교가 지닌 이야기와 소설 『참을 수 없는 존재의 가벼움』이 묘하게 겹쳐진다. 영원성을 담고 있는 카를교. 영원성이 무거운 짐이라고 한 니체의 말을 작품 초반에 인용한 밀란 쿤데라. 『참을 수 없는 존재의 가벼움』에서 우울한 테레자가 오래도록 바라보던 블타바강. 나도 카를교 위에서 그 강을 한참 동안 바라보았다.

"무거운 짐은 동시에 가장 격렬한 생명의 완성에 대한 이미지가 되기도 한다. 짐이 무거우면 무거울수록, 우리 삶이 지상에 가까우면 가까울수록, 우리 삶은 보다 생생하고 진실해진다."

– 밀란 쿤데라, 『참을 수 없는 존재의 가벼움』

강을 바라보면서 삶의 어떠한 철학적 깨달음을 얻은 것도, 행복이 슬픔의 공간을 채운 것도 아니었지만, 그 시간은 나에게 위로가 되었다. 무엇이 위로가 되었는지도 불분명하다. 그래도 이 다리에서 바라보는 풍경이 참 아늑했다. 강가의 바람도 벨벳 맥주처럼 부드러운 감촉으로 나를 쓸고 지나갔다.

마지막 날 저녁, 비엔나에서 헤어졌다가 프라하에서 다시 만나 방을 같이 쓴 J와 B와 천문시계 탑에 올랐다. 구시청사도 보헤미아 후스파 신교도들이 그들의 신앙을 위해 저항했던 곳이고 나치에 대항하던 시민들의 작전본부였던 곳이다. 일반 민중들이 살았던 구시가지의 풍경을 바라보았다.

정각을 알리는 소리가 들린다. 아래로는 천문시계를 보기 위해 사람들이 잔뜩 모여 있다. 이 시계가 멈추면 프라하가 망한다는 낭설 때문일까? 정각마다 우르르 사람들이 몰려 천문시계가 움직이는 모습들을 1분 정도 확인하고 다시 빠르게 흩어지고 있었다. 나도 내가 사랑한 이 도시가 영원히 그 아름다움을 간직했으면 좋겠다. 맥주와 음식마저 완벽한 이 도시의 시민들이 앞으로 더 많은 이야기를 쏟아내었으면 하는 바람이다.

최고의 식당에서 셋이 저녁을 먹고 언제나 그랬듯 24번 트램을 타고 숙소로 향했다. 창밖으로 프라하의 모습들이 스쳐 지나간다. 영화 〈프라하의 봄〉의 엔딩 장면이 생각난다. 비가 내리는 시골 길. 토머스와 테레사는 트럭을 타고 길을 간다. 그들은 죽음을 앞둔 상황이다. 테레사가 조용히 묻는다. "토머스. 무슨 생각하고 있어?" 잠깐 뜸을 들인 후, 토머스가 대답한다. "내가 너무나 행복하다는 생각." 상처 많은 이 도시가 참 행복해 보였다.

> "인간은 가장 깊은 절망의 순간에서조차
> 　무심결에 아름다움의 법칙에 따라
> 　자신의 삶을 작곡한다."
> 　― 밀란 쿤데라, 『참을 수 없는 존재의 가벼움』

S 'LOVE' NIA
- 류블랴나

수도 류블랴나는 아름답고 생동감이 넘치는 도시다. 1895년의 지진 이후 제2차 세계대전 전까지 재건된 이 도시는 우아하게 그 아름다움을 자랑한다. 유럽 국가의 수도지만 오히려 작은 마을 같은 분위기를 자아낸다. 슬로베니아는 게르만, 라틴, 슬라브 문화가 만나는 지점에 있어 오랜 기간 이탈리아, 오스트리아, 헝가리, 크로아티아와 같은 주변 나라의 영향을 받았다. 수도 류블랴나는 이탈리아의 베네치아와 헝가리의 수도 부다페스트, 오스트리아 수도 비엔나와 크로아티아의 수도 자그레브가 4시간 이내 거리에 위치해 있다.

류블랴나 여행은 도시 한가운데에 자리한 프레셔르노프 광장에서 시작한다. 그 광장을 지키고 서 있는 핑크빛 프란체스코수태고지 교회가 있다. 그 앞에 슬로베니아의 국민 시인 프레세렌을 기념한 동상이 있다.

류블랴나의 뜻은 '사랑스럽다'이다. 슬라브어 'Ljubiti사랑하다'에서 그 이름이 유래했다. 이름에 걸맞게 사랑 이야기가 전해 내려온다. 프레세렌 시선이 머무르고 있는 곳에는 그가 사랑했던 여인 율리아의 동

144 | 상처 위를 거닐다

상이 있다. 당시의 가슴 아픈 사랑이야기가 대부분 그러하듯 평생을 바쳐 사랑했지만, 신분의 차이로 함께할 수 없었다.

지금은 동상이 되어 영원히 서로를 지켜보고 있다. 뒤로는 프란체스코파의 상징인 붉은 빛을 한 수태고지 교회가 그들의 사랑의 색깔을 표현하는 듯했다. 사랑의 도시답게 이 교회에서 오후 6시 정각에 프러포즈를 하면 영원한 사랑을 이룬다는 전설이 전해 내려온다. 연인의 눈빛이 오가는 공간에 비가 내리는 장치를 해놓아 그들의 비극적인 사랑을 더욱 운치 있게 느껴지게 만들었다.

　류블랴니차강 위에 오선지처럼 촘촘하게 세워진 다리를 오가며 시
내를 구경했다. 유명한 삼중교트로모스토브에서부터 다리를 주로 이용하
는 사람들의 직업을 딴 백정의 다리Mesarski Most, Butcher's Bridge, 신발공
의 다리Shoemaker's Bridge, 용의 다리즈마이스키 모스트 등 짧은 다리들이 저
마다의 특색을 지니고 있다. 동상들이 전시되어 있기도 하고, 사랑의
열매가 자물쇠 모양으로 피어나 주렁주렁 열려 있다. 동유럽 최초로
콘크리트로 만든 다리도 있다. 기술의 발전이라기보다는 당시에는 콘
크리트의 안정성에 대한 의구심이 많았기 때문에 헝가리가 이곳에 시
험 삼아 다리를 지었다고 전해진다.

　가장 유명한 다리는 삼중교와 용의 다리로 불리는 즈마이스키 모
스트다. 그리스 신화 속 용사인 이아손이 류블랴니차 강으로 들어오
던 중 큰 용을 물리치고 그곳에 류블랴나를 세웠다고 전해진다.

　삼중교를 건설한 슬로베니아의 위대한 건축가 요제 플레츠니크의

손길이 닿은 건물들이 류블랴나 구시가지 곳곳에 세워져 있다. 류블
랴나의 대표적인 상점인 플레츠니코베 아르카데와 국립대학교, 프랑
스 혁명 광장과 공연장으로 쓰이는 크리잔케 등 1895년 대지진 이후
그의 손길로 재건된 류블랴나 곳곳을 거닐었다. 시청사에 들어가 보
기도 하고 성 니콜라스 성당의 닳아서 금색이 된 문고리를 만져보기
도 했다. 티볼리 공원에 누워 책을 보다가 류블랴나 성에 걸어 올라가
류블랴나 시내를 내려다보기도 했다. 해가 지면 레스토랑에서 사람들
을 구경하곤 했다.

　파울로 코엘료의 소설『베로니카, 죽기로 결심하다』에서 베로니카는
이곳 류블랴나에서 죽기로 결심했지만 나는 여행의 속도를 늦추기로
결심했다. 도시가 너무나도 사랑스럽다는 이유 외에는 그럴싸한 동기
는 없었다. 베로니카가 슬로베니아에 대한 국제적 무관심을 안타까워
하며 자살을 결심했듯 나도 납득이 갈만한 동기는 없었다. 유명한 포

스토니아 동굴은 다음 여행에 가기로 하고 대신 골목골목을 정처 없이 누비고 다녔다. 그러다가 지칠 때면 노천카페에 앉아 커피를 마시며 거리 공연을 하는 사람들을 구경하고 밤이면 화사하게 바뀌는 도시 풍경을 배경으로 슬로베니아 맥주인 레스코Laško와 유니온Union을 마시면서 대부분의 시간을 보냈다.

인구 28만의 조그만 도시는 생동감이 넘친다. 토요일마다 열리는 시장市場에는 시장市長을 비롯한 정치인, 기업가 등 다양한 계층의 류블랴나 시민들이 모인다. 이웃끼리 인사를 하고 대화를 나누면서 장을 보고 음식을 먹는다. 나도 닭다리 요리를 하나 들고 대리석 계단에 앉아 끼니를 해결했다. 그리고는 즈베즈다 공원으로 향했다.

즈베즈다는 '별'이라는 뜻으로 하늘에서 내려다보면 별 모양을 하고 있다고 한다. 류블랴나 시민들은 주로 이곳에서 휴식을 즐긴다. 근처에 류블랴나의 유일한 대학교인 류블랴나 대학교로 발걸음을 옮겼

다. 한번 들어가 보았다. 내가 유일하게 알고 있는 류블랴나의 인물이
자 세계적인 석학인 슬라보예 지젝을 찾아 두리번거렸지만, 당연히 만
나지는 못했다. 휴일이라 학생들은 없었고, 나라를 대표하는 대학교라
고 하기에는 규모가 참 소박했다.

　이곳에는 소박하면서도 위대한 역사가 숨어 있다. 이탈리아가 류블
랴나를 침공했을 때 시민들은 가장 먼저 도서관 앞에 모여 50만 권이
나 되는 방대한 책을 지키기 위해 책을 안전한 장소로 옮겼다고 한다.

　　── 나는 위기가 닥쳐오면 무엇을 가장 먼저 지키려 할 것인가?
　　나에게 가장 '사랑스러운' 것은 무엇인가?

　내 삶 속의 '류블랴나'를 더듬어 보았다.

엽서 속 마을

📍 블레드

혹시 한 장의 사진으로 슬로베니아를 가기로 결정했다면 블레드 호수의 전경 사진일 확률이 높다. 달력 혹은 사무실 여직원 책상 앞에 붙여져 있을 듯한 풍경이다. 류블랴나에서 50km 정도 떨어져 있는 곳. 버스를 타고 나는 블레드 호수로 향했다. 알프스의 만년설이 녹아 흘러들어와 형성된 블레드 호수는 유럽에서 가장 아름다운 호수 중에 하나로 손꼽힌다.

잔잔한 물결이 부서진 빛을 반사하고 있는 곳 그 가운데 위치한 블레드 섬. 슬로베니아 유일의 섬인 블레드 섬은 '플레타나'로 불리는 나룻배를 타고 들어갈 수 있다. 18세기부터 블레드 호수엔 단 23척의 플레타나만 호수 위를 떠다닐 수 있다. 합스부르크 가문이 블레드 호수가 시끄러워지는 걸 원치 않았고 딱 23척의 배만 노를 저을 수 있도록 허가했다. 그 숫자가 300년 가까이 지난 지금까지도 유지되고 있다. 뱃사공은 현지 출신의 남자들만 할 수 있다고 한다.

99개 계단을 따라 올라가면 9세기에 지어진 '성모마리아 승천 성당'이 있다. 남편이 아내를 안고 아내는 침묵을 지키며 이 99개의 계단을

올라가면 백년해로한다는 이야기가 있다. 계단을 오르내리는 사람은 많았지만 백년해로하려는 부부는 만나지 못했다. 성당 내부에는 고딕 양식의 프레스코화가 그려져 있으며 유명한 '행복의 종'이 있다. 종을 세 번 울리면 소원을 이뤄준다는 전설 때문에 종소리가 끊임없이 호수에 울려 퍼졌다.

　다시 배를 타고 건너와 절벽 위에 있는 블레드 성에 올랐다. 1004년 독일 황제 헨리 2세가 건축한 성이다. 이 아름다운 호수 중심으로 유럽의 부호들이나 옛 유고슬라비아 귀족들의 화려한 여름 별장을 줄지어 서 있다. 1947년 건설된 요시프 브로즈 티토의 별장이 보인다. 지금은 호텔로 개조했지만, 그가 사용한 침실과 집무실은 그대로 보존되어 있다. 김일성 주석도 이곳에서 머물렀다. 아름다운 블레드 호수에 반해 정상회담이 끝난 뒤에도 2주 더 이곳에 머물렀다고 전해진다.

요시프 브로즈 티토는 유고슬라비아의 독립운동가, 노동운동가, 공산주의 혁명가이며, 유고슬라비아 연방의 제1대 대통령이었다. 그를 빼놓고서는 슬로베니아는 물론 유고 연방의 국가들을 설명하기 힘들다. 세계대전 이후 티토는 소련과 미국 양 진영으로 대표되는 패권국들 사이에서 균형 감각을 유지하면서 중립성을 확보하는 정책을 펼쳤다. 외교의 천재라고 불리는 그는 어느 쪽으로도 기울지 않으면서 미국에서는 현금을, 소련에서는 가스를 공급받았다. 동시에 두 세력 사이에 대안으로 비동맹 국가들과 제3세계를 주창하는 움직임에 참가하기도 했다.

    그는 공산주의자였음에도 불구하고 특이한 정책을 폈다. 다른 공산주의 국가와는 다르게 자유롭게 다른 나라를 여행할 수 있었고 개인 소유가 가능했다. 덕분에 주변 공산주의 국가들과 자본주의 국가 사이의 무역로가 되었으며 고립된 다른 공산국가의 숨구멍이 되어 주었다. 이런 균형 잡힌 외교술과 개방적인 경제정책은 유고연방에 큰 경제적 이익을 가져왔다. 그래서 그의 많은 과오에도 불구하고 슬로베니아는 물론 발칸의 유고연방에서는 아직도 많은 사람들이 그의 시대를 그리워한다.

슬로베니아인들은 1980년 후반 세르비아가 유고슬라비아 연합국가들 사이에서 주도권을 잡아나가자 불안해하기 시작한다. 1988년 후반 베오그라드 정부가 갑작스럽게 코소보의 자치권을 중단시키자 슬로베니아는 유고슬라비아에서 분리하려는 운동을 벌인다. 1990년, 슬로베니아는 유고슬라비아 공화국 가운데 처음으로 자유선거를 실시했고 45년의 공산주의 지배를 청산하였다. 같은 해 12월에 치러진 투표에서 90%의 유권자들이 압도적으로 독립을 찬성하였다. 이 과정에서 10일간 전쟁이 벌어지기도 했지만, 현명하게 대처한 덕분에 다른 유고슬라비아 연방국과는 달리 과격한 분쟁에 휘말리지 않고 독립할 수 있었다.

원래는 버스를 타고 트레킹을 하고 현지인들이 모여 휴식을 즐긴다는 모래사장을 구경할 계획이었다. 하지만 크렘나 레지나라고 하는 슬로베니아식 바닐라 크림 케이크를 먹다가 버스를 놓쳤다. 대신 6km 정도 되는 호숫가 산책을 나섰다. 그리고는 더위를 식힐 겸 알프스의 만년설이 녹아 내려온 호수에서 수영했다. 휴양을 즐기는 사람들 사이에서 반짝이는 물비늘을 바라보며 일광욕을 즐겼다. 잔디에 누워 구릿빛 발 위로 블레드 성을 받들고 있는 시야를 유지하며 벌거벗은 사람들과 햇살을 맞았다.

여행의 슬럼프

📍 자그레브

자그레브의 심장, 반 옐라치치 광장. 자그레브 여행은 반 옐라치치 광장에서 시작한다. 많은 자그레브 시민들이 오가는 곳이다. 이곳에는 자동차는 통행이 금지되어 있고 트램만 지나다닐 수 있다. 이름에서도 알 수 있듯이 1848년 오스트리아 – 헝가리 제국의 침입을 물리치는데 큰 공을 세운 반 요셉 옐라치치 장군을 기념하기 위해 세워진 광장이다. 옐라치치는 크로아티아 20쿠나 화폐에 그려져 있는 인물이다.

옐라치치 광장에서 오른쪽 언덕으로 올라가 자그레브 대성당으로 향했다. 두 개의 뾰족한 첨탑이 하늘을 향해 뻗은 이 거대한 건축물은 '성 스테판 성당'이라고도 불린다. 1093년에 헝가리 왕인 라디슬라스Ladislas가 건설을 시작하여 1102년에 완공했고 1217년에 성모 마리아에게 헌정되었다. 성당 내부의 면적은 최대 5,000명이 동시에 예배를 드릴 수 있는 큰 규모이다. 성당에만 보물급 유물이 10개 이상이 있어 '크로아티아의 보물'이라 부른다. 성당 앞에는 푸른 하늘을 배경으로 황금빛 성모 마리아 수호상이 우뚝 서 있다.

성당에는 100m가 넘는 2개의 첨탑이 세워져 있다. 자그레브에서 가장 높은 건물이다. 처음에는 둘 다 높이가 108m였다. 1880년 11월 9일 큰 지진이 발생해 두 탑의 높이가 달라졌다. 북쪽 탑이 105m, 남쪽 탑이 104m다. 성당 외부의 거대한 시계는 지진이 일어난 7시 3분을 아직도 정확하게 가리키고 있다.

　지금은 높이를 맞추기 위해 공사 중이지만 높이가 달라진 두 탑은 마치 나를 보는 듯했다. 과거의 나와 현재의 내가 달라진 모습에 적잖이 괴로워하고 있었다. 순간의 사고가 지진처럼 삶을 흔들고 나니 내 삶의 모습은 달라져 있었다. 100m가 넘는 높이의 1m 차이가 그 지진의 크기를 말해주듯 나도 1%도 안 되는 미세한 변화가 심하게 괴로웠다. 성모 마리아 수호상은 인자하고 따뜻한 미소로 나를 바라보고 있었지만, 막상 나는 나를 따뜻하게 바라볼 수 없었다. 금빛 머리 위에 비둘기가 올라가 있듯 내 머리 위에도 슬픔의 새 한 마리가 올라와 있었다.

　새 한 마리를 머리에 이고 돌락 시장으로 향했다. 돌락 시장은 사
람들의 활기가 넘쳐나는 곳이었다. 재래시장인 이곳에서 과일로 점심
을 대신했다. 향긋한 과일 향기와 음식이 익어가는 냄새가 피어나는
거리를 거닐었다. 사람 사는 냄새가 풍기는 곳에서 홀로 외롭다. 변해
버린 내 삶에 관한 생각이 끊임없이 나를 괴롭혔다. 돌락 시장에 입구
에 서 있는 바구니를 머리에 지고 있는 아낙네의 동상처럼 나도 머리
에 무거운 생각 바구니를 지고 있었다.

과일과 요거트를 다 먹어갈 때쯤 비가 내리기 시작한다. 도망치듯 숙소로 가는 트램에 몸을 실었다. 트램 종점에 있는 숙소로 가는 40분 동안 트램 창문으로 비 오는 자그레브를 무심히 쳐다봤다. 급작스러운 비였는지 대부분의 사람들이 우산을 준비하지 못해 옷이나 가방을 머리에 올리고 뛰어다니고 있었다. 그 사람들 뒤로는 공원의 푸른 나무들이 몸을 적시고 있었다. 한적함 속에 분주함이 섞여 있다. 내 마음에도 눅눅한 무언가가 섞여 있었다. 헛헛하고 축축했다.

몸과 마음이 지쳤다. 숙소에 도착해 침대에 몸과 생각을 뉘였지만 크로아티아에서 유래했다는 넥타이를 졸라맨 듯 기분이 답답하다. 도미토리에서 팬티만 입고 돌아다니는 여자들도 내 관심을 끌지 못했다. 밍밍하고 소박한 여행에 지쳐 무기력해져 있었다. 발칸반도를 여행하는 내 자세를 찬찬히 되돌아봤다. 쇼핑센터가 없다고 불평하고 와이파이를 좀비처럼 찾아다니고, 관광객 주제에 다른 관광객들을 손가락질하며 다녔던 내 모습이 떠오른다.

유럽을 여행하는 구제불능인 관광객의 군상들. 그들의 행태에서 나를 분리시키고 차별화하려 애써 왔다. 그 과정에서 스멀스멀 기어 올라오는 나의 오만함을 억누르려 애쓰고 있었는지도 모른다. 또한, 낯섦이 주는 여행의 불안함, 가벼운 인간관계가 연속되며 생기는 고단함에 지쳐있었는지도 모른다. 온통 모든 화살을 나에게 돌리고 좌절하고 있었다.

자그레브에 있는 동안 계속된 궂은 날씨 때문인지 아니면 멀리 떨어져 시내와의 거리 탓인지 숙소에서 음악을 듣고 글을 읽는 시간이 많

아졌다. 사사로운 감정을 정리하며 여행의 밀도를 높이려고 안간힘을 썼다. 하지만 여행은 천장 아래가 아닌 하늘 아래서 이루어진다는 생각에 밖으로 나섰다.

타일로 만든 지붕이 크로아티아 국기를 연상시키는 성 마르크성당을 지나 로트르슈차크 탑에 올랐다. 자그레브의 중심가를 바라보았다. 스톤 게이트에서 모르는 사람의 장례식을 지켜보기도 했다. 반 옐라치치 광장에서 시작하는 말발굽 형태의 길을 천천히 걸어보기도 했다. 18세기 자그레브를 설계한 도시설계가 레누치의 이름을 딴 '레누치의 푸른 말발굽'으로 불리는 이 길은 자그레브의 박물관과 미술관 그리고 많은 공원들을 연결하고 있었다. 자그레브에서 유명한 미마라 박물관을 가는 대신 작은 전시회를 기웃거렸다. 그렇게 자그레브를 걸으며 여행의 말발굽을 교체하는 마음의 작업을 했다.

걷다가 특이한 박물관을 발견했다. '실연 박물관'. 이별을 경험한 사람들에게 헤어진 사랑의 손때가 묻은 물건들을 기증받아 전시해 놓은 곳이었다. 오래된 레코드판, 엽서, 향수병 등 나에게는 의미 없어 보이는 낡은 물건에는 아픈 사랑의 기억이 담겨 있었다. 그 물건들은 손때 속에 주인의 사연과 감정을 담고 있었다. 마치 여간 잔망스럽지 않은 소녀가 자신이 묻힐 때 꼭 자기가 입고 입던 스웨터를 입고 싶었던 것처럼.

부정적인 나, 과거의 나와의 기억을 담고 있는 물건은 무엇일까? 나도 부정적인 내 생각 그리고 내 모습과 이별하고 싶었다. 그리고 이미 나를 떠나갔지만 나 홀로 이별하지 못하는 대상들을 담담히 그리고 조금 서글프게 추억했다.

어떤 사소한 물건이 우리를 잇고, 기억하게 만드는 매개가 되었을까?

요정들의 호수

📍 플리트비체

플리트비체로 출발하는 날 이른 새벽, 창문을 두드리는 빗소리에 잠을 깼다. '그래, 차라리 지금 막 쏟아져라. 그리고 아침에는 제발 그쳐라.' 그렇게 날씨를 다독이며 다시 잠이 들었다. 진동으로 맞춰놓은 휴대폰 알람이 울린다. 알람을 끄고 5분만 더 자자고 다시 눈을 감았는데 눈을 떴을 때 30분이나 지나 있었다. 마음이 급했다. 그 와중에도 치약을 묻힌 칫솔을 입에 물고 커튼을 걷어 날씨를 확인했다. 확 갠 날씨는 아니었지만, 다행히 비는 그쳐 있었다.

급히 준비하는 바람에 몇 가지 품목들은 깜빡했지만, 꼭 필요한 것들은 아니었다. 카메라나 지갑, 자외선 차단제 같은 필수품목들은 전날 챙겨둔 덕분에 나와 함께 여행할 수 있었다. 생각보다 버스 터미널에 빨리 도착해 간식거리와 물을 살 3분도 허락되었다.

　버스를 타니 다시 비가 오기 시작한다. 터키 넴루트산에서 깨달은 교훈을 되뇌었다. 망연자실하지 말자고 다짐했다. 기대했던 압도적인 풍광은 아닐 수 있다. 에메랄드빛 물이 아닌 흙탕물이 흐르더라도 요정의 호수는 어쨌거나 마르지 않고 흐를 것이고, 물 색깔은 황금빛이라고 생각하면 될 일이었다. 그러면서 다짐했다. 지난날보다 못한 나를 있는 그대로 받아들이자고. 나를 먼저 받아들이자고. 이 시시한 여행의 모습을 있는 그대로 받아들이는 일부터 시작하자고.

　2시간 30분이 걸려 도착한 플리트비체. 날씨가 맑다. 전날 비가 내린 탓에 물이 여기저기서 쏟아진다. 물은 비취색을 띠며 나를 반긴다. 그 아래 많은 송어들이 유유히 헤엄치고 있다. 숲의 요정과 호수의 요정들이 산다는 이야기가 있을 정도로 아름다운 호수다.

　말라카펠라산과 플리에츠피카산 사이에 자리 잡은 16개의 계단식 호수와 92개의 크고 작은 폭포들. 물이 품고 있는 미생물과 광물의 특성에 따라 조금씩 다른 색깔을 지니고 있다. 카르스트 지형, 탄산석회, 백운석 계곡 같은 지질학 이론으로 이곳을 설명하기도 하지만 이 아름다움은 어떤 단어로도 담아내기 어려웠다. 이곳도 사람의 접근이 매우 어려워서 한때는 '악마의 정원'이라고도 불렸다. 호수에는 많은 전설 또한 담겨있다. 이곳을 걷는 코스도 방법에 따라 다양하다.

　이 아름다움을 거닐며 생각했다. 어쩌면 나 자신은 하나의 모습이

아닐 테다. 다양한 모습이 나를 구성하고 있다. 각기 다른 나의 모습 중 한 부분만 부각시켜 좌절하고 자책하는 일을 그만두리라 다짐했다. 있는 모습 그대로, 그 모습이 어떠하든 온전히 인정하고 받아들이는 일. 나를 사랑하는 첫걸음이라 생각하고 부지런히 호수 길을 걸었다.

물이 흘러 호수와 폭포를 만들고 이 흐름은 대단한 아름다움을 만들고 있었다. 물은 이 아름다움 속을 유유히 흐르고 있었다. 나도 그냥 흘러가 보기로 했다. 어떤 풍경 안에서 내가 흐르고 있는지는 모르지만 내가 흘러야 풍경이 완성되기 때문이다.

상반된 하루,
전복의 역사

📍 스플리트

기원전 229년 크로아티아의 토착민이던 일리리안족은 로마제국에게 영토를 잃었고, 서기 285년 디오클레티아누스 황제는 스플리트에 궁전을 겸한 요새를 지었다. 수많은 정복전쟁을 승리로 이끈 디오클레티아누스 황제는 말년에 류마티스 치료와 소박한 생활을 하기 위해 스플리트에 궁전을 지었다. 오늘날 스플리트는 동부 유럽 최고의 로마유적지가 되었다. 스플리트는 제2차 세계대전 때 폭격을 맞아 심하게 훼손되었으나, 놀라운 복원을 통해 1974년 디오클레티아누스 궁전을 포함한 구시가지 전체가 유네스코 문화유산에 등재되었다. 덕분에 1990년대 초 일어난 내전 중에 크로아티아에서 유일하게 스플리트만 폭격을 피해갈 수 있었다.

자그레브를 여행할 때는 꽤 자주 비가 쏟아졌지만 스플리트는 휴양지답게 강한 햇살이 내리쬐고 있었다. 운 좋게도 구시가지 내에 저렴한 숙소를 구한 나는 버스터미널에서 배낭을 메고 구시가지로 향했다. 예전에는 궁 남문과 바다가 접해 있었지만, 바다를 매립해 해안 길을 만들었다. 해안 길에 있는 그린마켓을 지나 남문으로 들어섰다. 해변에서 놀다가 살이 벌겋게 익은 사람들이 아이스크림을 들고 돌아다니고 있었다. 나도 구시가지에 뜨겁게 달궈진 돌길을 걸었다.

사실 이리저리 헤매었다. 주소를 적은 지도가 있었고 나름 길눈도 밝았지만, 구시가지의 많은 골목 사이에 숙소를 찾는 일은 쉽지 않았다. 한참을 헤매다 결국 근처 호텔에 들어가 위치를 물었고, 이리저리 전화를 한 호텔직원이 친절히 데려다주었다. 민망하게도 호텔 바로 앞이었다. 크로아티아 구시가지의 대부분 숙소가 그렇듯 이곳도 간판이 없는 숙소였다. 간판도 내걸지 않고 숙소를 운영하면 어쩌자는 건지 순간 짜증이 훅 밀려왔다. 하지만 짜증은 금세 행복으로 바뀌었다. 싼 숙소라 큰 기대를 하지 않았는데 예약한 도미토리 대신 같은 가격에 에어컨이 있는 싱글룸으로 배정을 받았다.

시원한 샤워를 마친 뒤 에어컨과 푹신한 침대의 치명적인 유혹을 이겨내고 나의 궁전을 벗어나 디오클레티아누스의 궁전을 거닐었다. 붉은 기둥과 하얀 건물 사이에 서 있으니 마치 도시가 돌판 위에 올려진 거대한 삼겹살 같았다. 나는 그 구석에서 열심히 땀을 모으고 있는 버섯이 된 기분이었다. 그래도 더위 때문에 사람이 많이 없었던 터라 여유롭게 이 도시를 구경할 수 있었다.

　궁전에는 원래는 16개의 탑이 있었지만, 지금은 세 개의 탑이 남아 있다. 궁전은 모두 4개의 문이 있고 문마다 각각의 이름이 있다. 남문은 청동문으로 황제의 집과 신전이 위치해 있었다. 황제가 개인적으로 사용했던 문이었다. 하지만 지금은 내 숙소가 있고 내가 들락거리는 문이다. 북문은 황금의 문으로 군인들이 거주했다. 동문은 은의 문이고 서문은 철의 문이다. 회의장으로 쓰였다는 중앙광장에는 코린트 양식의 대리석 기둥이 남아있다. 지금은 룩소르 카페가 자리 잡고 있다. 돈이 없는 가난한 여행자는 엉덩이를 붙일 곳이 마땅치 않다.

　더위를 피할 겸 지하궁전을 구경한 뒤, 성 돔니우스 대성당으로 향했다. 돔니우스는 디오클레티아누스 황제에 의해 순교한 성직자다. 디오클레티아누스 황제는 기독교 박해로 유명하다. 서기 316년 죽은 디오클레티아누스 황제의 영묘가 있던 자리에 13세기 성당을 세웠다.

현재는 디오클레티아누스 대신에 돔니우스가 묻혀있다. 황제의 시신은 6세기경 어느 날, 갑자기 사라졌는데 아무도 어떻게, 왜 사라졌는지 모른다고 한다. 역사가 전복된 현장이다. 이 성당에서 가장 유명한 것은 성당 입구 문이다. 떡갈나무와 호두나무로 만들어진 문에 1214년 이 지역 예술가인 안드레아 부비나가 예수의 탄생과 부활까지 28개의 장면을 조각해놓았다.

북문에서 시장으로 이어지는 길에 그레고리우스의 동상을 찾아가 왼쪽 엄지발가락을 만졌다. 그레고리우스는 10세기 크로아티아의 대주교로 크로아티아인들이 자국어로 예배드릴 수 있는 권리를 위해 싸운 인물이다. 그 동상의 왼쪽 엄지발가락을 만지면 행운이 온다는 속설 때문에 그의 엄지발가락은 황금빛으로 윤이 난다. 이 동상은 크로아티아의 미켈란젤로라고 불리는 조각가 이반 메스트로비치가 만들었다.

그의 작품은 크로아티아 전역의 광장에서 볼 수 있으며, 자그레브의
주요 건물들도 설계했다. 스플리트에는 그의 갤러리가 있다. 전망 좋
은 마리얀 언덕에 그가 직접 설계하고 건축한 그의 저택이 현재는 갤
러리로 사용되고 있다.

　해가 진 후 야경을 보기 위해 마리얀 언덕에 올랐다. 해가 졌다고
해서 시원해지지는 않았다. 뜨거운 돌판에 물을 부은 직후의 상태였
다. 바다의 습기를 머금은 공기가 꽤나 후텁지근하다. 그래도 언덕에
서 바라보는 스플리트의 야경은 아름다웠다. 조명이 켜진 구시가지와
아직 보름달은 아니어도 제법 둥근 달이 밝게 빛나고 있었다.

　달빛은 아드리아해의 검은 물결에 닿아 부서져 마치 무수한 별들이
춤추는 듯한 밤하늘을 그려내고 있었다. 해변의 가로등 불빛은 바다
위에서 부서져 흩어지고 있었고 등대는 느린 박자로 움직이며 빛으로
바다를 쓰다듬고 있었다. 그 위를 작은 배가 쓸고 가면서 바다 위에는
불빛들이 현란하게 흔들린다. 그 광경을 바라보며 한치 튀김과 차가운
맥주를 마시며 스플리트 여행을 마무리했다. 그제야 시원한 바람이
나를 쓰다듬기 시작했다.

지상낙원의 의미

📍 두브로브니크

 이 도시의 이름이 입에 붙기까지 꽤 오랜 시간이 걸렸다. '두브로브니크'. 나에겐 꽤 어려운 지명이었다. 할머니가 낯선 아이 이름 부르듯 '두르브로니크', '드부로니크' 등 다양한 도시를 창조하곤 했다. 두브로브니크행 버스표를 살 때쯤, '두브'로 시작하는지 '드부'로 시작하는지만 헷갈릴 정도로 발전했다.

 낯선 도시의 이름을 입에 익히는 일보다 나를 힘들게 했던 건 체온에 육박하는 뜨거운 한낮의 기온도 아니었고, 두브로브니크로 가는 버스 안에서 제멋대로 앉는 사람들 때문에 수시로 벌어지는 자리싸움도 아니었다. 7월 말 극성수기에 친절한 숙소를 찾는 일이었다. 그리 친절할 필요도 없었다. 내가 두브로브니크를 떠나 발칸 국가를 여행하는 2주 동안 내 배낭만 보관해주는 정도면 충분했다. 합리적인 가격이면 보관료를 지불할 의사가 있었다. 내가 연락한 숙소들은 내가 일주일이나 투숙함에도 불구하고 짐 보관은 불가능하다는 연락을 보내오거나 터무니없이 비싼 짐 보관료를 요구했다.

　영국의 극작가 조지 버나드 쇼가 "지상 낙원을 보려거든 두브로브니크로 가라." 라고 했지만, 나에게는 극성수기에 관광객의 호주머니를 한 푼이라도 더 털어내고자 하는 욕망 낙원처럼 느껴졌다. 물론 극성수기 휴양지의 전형적인 모습이다. 전 세계의 휴양지의 공통된 특성이기도 하지만 이곳은 16세기 초 유럽 최초로 노예 매매제도를 폐지한 의식이 깨어있는 도시였다. 지금은 돈의 노예가 된 일부 업자들이 있다는 사실에 다소 씁쓸했다. 다행히도 나는 페리 선착장 근처에 저렴하면서도 흔쾌히 대가 없이 짐을 맡아주겠다는 호스텔을 찾아냈다.

　'두브로브니크'라는 도시의 명칭은 크로아티아어로 떡갈나무를 뜻하는 '드브라바'에서 유래했다. 떡갈나무가 많았던 이곳에 1300년 전 그리스에서 온 피난민들에 의해 이 도시가 세워지고 지금의 구시가지 모습은 13~14세기에 만들어졌다. 이후 1520년, 1667년 두 차례의 큰 지진을 겪었고 1991년 내전 당시 심한 폭격을 맞아 도시는 많이 파괴되었다. 실제로 크로아티아 지도를 보면 두브로브니크는 섬이다. 크로아티아 본토와 동떨어져 있다. 이 도시는 아름다움과 함께 큰 상처를 갖고 있는 도시다.

버스를 타고 구시가지에 도착했다. 서문에 들어서자 사람들이 정말 많다. 요새를 올랐다. 앞을 보면 아름다운 두브로브니크 구시가지의 전경이 펼쳐지지만, 뒤를 보면 서울의 성곽길 같았다. 이곳을 방문하는 한국인 관광객이 특히 많았다. 억지미소를 지은 얼굴을 축으로 빙글빙글 돌아가는 셀카봉에 수시로 맞아가며 성벽을 한 바퀴 돌았다. 관광객들은 천국에 가도 인증사진을 남길 기세다. 인증사진에 '좋아요'를 누르며 유족들은 슬픔을 잊을 수도 있겠다고 잠시 생각했다.

플라차 거리로 발걸음을 옮기니 83회 두브로브니크 여름 축제를 구경하는 사람들로 빼곡했다. 사람들을 피해 작은 골목을 거닐었다. 골목에는 흰색 천이 나풀대며 걸려있었고, 빨랫줄들이 바람에 맞춰 샤라락 소리를 내며 건물을 잇고 있었다. 좁은 문으로 들어가라는 마태복음의 문구를 이상하게 적용시키며 한적한 좁은 길목을 돌아다니며 사람들이 사는 모습을 한가로이 구경했다.

페리를 타고 로크줌 섬으로 향했다. 해변에서 해수욕을 즐기기 위해서다. 숙소에서는 반예 비치를 추천했지만 아드리아 해를 제대로 느끼기 위해서는 누드비치만 한 곳이 없다고 생각했다. FKK로 불리는 로크줌의 누드비치는 바위절벽 아래 위치하고 있었다. 사람이 없어서 당황했다. 나체를 보지 못해서가 아니라 누드비치가 아닌데 혼

자 이곳에서 옷을 벗고 수영하는 낭패를 볼까 두려웠다. 조금 떨어진 곳에 한 여자가 있었다. 하지만 그녀는 비키니 차림이었다. 내 휴대폰 GPS는 내가 서 있는 곳을 누드비치로 가리키고 있었다. 혹시 몰라 수영복을 입고 물에 들어갔다. 물에 들어가 어느 정도 바다를 향해 헤엄치니 하얀 엉덩이가 물 밖으로 떠오른다. 덩치 큰 사내의 펑퍼짐한 엉덩이였지만 꽤나 반가웠다. 나도 수영복을 벗어 던지고 알몸으로 아드리아해를 유영했다.

수영으로 지친 몸을 이끌고 사해死海로 갔다. 내가 생각했던 사해와는 달랐다. 이스라엘에 있는 사해와는 다르게 심지어 물고기도 살고 있었다. 들고 간 식수로 몸을 대충 헹군 터라 사해에 들어갈 계획은 아니었지만, 다시 바닷물에 몸을 담갔다. 막힌 듯 보였지만 작은 틈 사이로 물이 드나들고 있었다. 죽지 않았지만 죽었다 불리는 바다였다.

어쩌면 내가 사해 같다는 생각을 했다. 사고 이후 내 삶이 완전히 무너졌다고 망했다고 날카로운 말들을 내뱉었던 사람들이 떠올랐던 것은 아니다. 그런 모진 말들을 못 이겨냈던 내 못난 태도가 떠올랐다. 외부의 무언가를 받아들이고 뱉어내는 과정 속에서 무엇을 품고 무엇을 버릴 건지 현명하게 판단하지 못하고 아픔과 상처만 품어댔던 시간이 어쩌면 내가 무너졌던 순간이 아니었을까 생각했다. 내 관념 자체도 사해와 같았다. 맘대로 판단해 독설을 쏟아내는 사람들을 증오했다. 하지만 나도 그들과 다르지 않았다. 독단과 편견으로 대상을 속단하고 규정하는 태도가 나에게도 분명 존재하고 있었다.

더 나은 사람이 되자는 다짐을 품고 로크줌 섬 정상에 올라 두브로브니크 구시가지를 다시 바라보았다. 처음 구시가지를 바라볼 때와 다른 느낌으로 다가온다. 화재와 지진, 전쟁으로 무너졌지만 다시 일어선 성당들이 눈에 들어온다.

어쩌면 지상낙원은 흠 하나 없는 순전한 아름다움이 있는 곳이 아니라 상처와 아픔에도 불구하고 다시 일어서는 인내와 결연한 의지가 살아있는 곳일 테다.

역사를
기억해야 하는 이유

📍 보스니아 헤르체고비나

보스니아 땅을 밟으니 이 여행이 마치 기적과도 같다는 생각이 든
다. 화약고로 변해버린 이 땅을 어렸을 때 뉴스에서 본 적이 있다. 지
금은 IS가 기승을 부리는 중동지역을 뉴스로 접한 아이가 나중에 그
땅에 평화가 찾아온 뒤 그곳을 여행한다면 나 같은 기분을 느낄 수
있을 테다.

발칸반도 서쪽에 촘촘히 박힌 여러 나라들은 불과 20여 년 전만 해
도 '유고슬라비아'라는 이름을 가진 하나의 나라였다. 그 나라가 여전
히 존재한다고 생각하는 이들이 더러 있지만, 유고슬라비아는 무려 일
곱 개의 나라로 갈라지면서 역사 속으로 사라졌다. 갈라진 일곱 개의
나라는 각각 '크로아티아, 슬로베니아, 마케도니아, 보스니아 – 헤르체
고비나, 세르비아, 몬테네그로, 코소보'라는 이름으로 다시 태어났다.

하나의 국가가 일곱 조각 혹은 여섯 조각코소보는 아직 정식 국가는 아니다
으로 갈라지는 과정은 과격하고 잔인했다. 옛 유고연방에서 가장 먼
저 독립을 했던 두 나라 크로아티아와 슬로베니아는 빠르게 내전의

상처를 씻어냈고 이제는 두 나라 모두 유럽연합EU의 회원국이 될 정도로 급격한 성장도 이루고 있다. 그러나 바로 뒤이어 독립한 보스니아 헤르체고비나는 상황이 많이 달랐다.

독립을 선언한 후 세르비아계 국민들의 강력한 반발에 부딪혀 끔찍한 내전이 시작되었다. 사실 내전이 시작되기 전 보스니아 헤르체고비나는 가톨릭, 이슬람교, 세르비아 정교회 국가의 지배를 교대로 받으며 다문화, 다종교 환경에 익숙해 있었다. 예전에는 이 조화로운 사회에 자부심을 갖고 있었다.

하지만 1992년, 조화롭던 사회구조는 베오그라드의 연방군과 세르비아 관료의 도움을 받은 보스니아 세르비아인 극우 민족주의자들에 의해 무너진다. 3년의 내전은 한때는 모두가 서로의 이웃이고 같은 남부 슬라브 계통인 이슬람교 슬라브인, 정교회 세르비아인, 가톨릭 크로아티아인들이 서로 물어뜯게 만들었다. 전쟁은 국가의 사회기반을 황폐화시켰고, 또 '인종 청소'라는 극악무도하고 비인간적인 단어를 세상에 소개한다. 끔찍한 학살이 자행되었고 이 동족상잔의 참극은 제3국의 중재로 평화협상이 타결될 때까지 3년 반 동안 계속되었다. 이 기간에 사망한 사람의 숫자는 25만 명이 넘었고 난민은 무려 230만 명에 달했다.

이 지역의 원주민들은 일리안족이다. 뒤이어 사라예보 근처 광천 부근에 로마인들이 이주해왔다. 지금의 보스니아 – 헤르체고비나와 세르비아의 국경선인 드리나강은 로마제국이 분열될 때 서로마제국과 비잔틴제국을 분할하는 경계가 되었다. 슬라브족이 7세기경 이 지역으로 왔으며 960년 세르비아 독립국이 되었다.

1383년 오스만 제국터키의 침공이 있었고 보스니아는 사라예보를 주도로 하는 오스만 제국의 한 주가 되었다. 오스만 제국이 지배하던 400여 년간 보스니아는 오스만 제국에 철저히 동화되었다. 로마 가톨릭을 믿던 크로아티아인과 정교회를 믿던 세르비아인 중 상당수가 이슬람교로 개종하였다. 보스니아는 이슬람과 기독교 국가들 간의 경계가 되었다. 이 지리적 특성 때문에 역사적으로 분쟁에 항상 휘말려 왔다.

19세기 말에 발칸 반도가 유럽 제국주의 열강에게 각축의 땅이 되었고 특히 보스니아 헤르체고비나는 뜨거운 감자였다. 제1차 세계 대전의 도화선도 이 나라의 수도 사라예보에서 일어난 오스트리아 – 헝가리 황태자의 암살 사건이었다. 이후 이곳에는 내전이 발발한다. 보스니아 – 헤르체고비나의 이슬람교 대통령이 세르비아인들의 권리를 보장하였음에도 불구하고 세르비아의 베오그라드 지도자들은 보스니아의 세르비아인들을 '인종학살'로부터 보호하도록 세르비아 극우주의자들을 선동하였다. 세르비아는 전 유고슬라비아 연방군의 도움을 받아 영토를 장악하기 시작했다.

사라예보는 4월 5일 포위당하고 세르비아 포병대에 의해 포격이 시작되었다. 세르비아인들은 보스니아 서부의 다른 세르비아인 거주지와 자신들과의 300km 통로를 만들기 위해 북부와 동부의 보스니아 무슬림들을 '인종청소'의 일환으로 잔인하게 추방하였다. 그리고 그들이 다시 돌아오지 못하도록 마을을 불태웠다. 마을을 약탈하고 떠나기를 거부하는 자들을 학살했다. 전쟁이 끝날 때까지 양측 모두는 목적을 이루기 위해 모든 수단과 방법을 동원했다.

상처를
기억해야 하는 이유

📍 모스타르

극성수기에 유럽 최고의 휴양지 두브로브니크에서 넘어온 탓에 물가가 매우 싸게 느껴졌다. 여행자에게는 더할 나위 없이 좋은 물가마저 이 땅에서는 다소 슬프게 다가왔다. 모스타르는 1992년 내전이 있기 전까지 꽤 번성했던 도시였다. 하지만 내전은 이 도시를 황폐하게 몰락시켰다.

네레트바 강 동쪽 길을 걸어 구시가지로 향했다. 동쪽 편은 전형적인 이슬람 문화가 깃들어 있었다. 마치 터키에 온 듯한 기분이 든다. 코스키 메흐메드 파샤에 올라가 스타리 모스트와 강 반대편을 바라보았다. 반대편 산에는 거대한 십자가가 세워져 있다. 서쪽에는 가톨릭을 믿는 크로아티아인들이 거주하던 지역이었다. 1993년 11월 파괴된 스타리 모스트는 모스타르의 상징이자 이 지역을 이어주는 통로다.

　이 다리는 오스만 제국 지배를 받았던 1557년 슐레이만 대제의 명으로 만들어졌다. 당시 가장 아름다운 다리였고, 이슬람과 기독교 문명을 연결해 주는 다리였다. 1993년 5월 서쪽에 주둔하고 있던 크로아티아 군대는 네레트바 강 동쪽 지역을 봉쇄한 뒤 무력으로 수천 명의 무슬림들을 추방하고 수백 명을 학살한다. 이때 이슬람 사원은 모조리 파괴되었고 스타리 모스트도 폭격으로 완전히 무너지고 만다. 현재의 모습은 유네스코의 지원하에 2004년 복원된 모습이다.

　2005년 유네스코 세계유산으로 등재된 스타리 모스트는 이름도 없다. 이름 그대로 흔히 모스타르 다리로 불리고 현지인들에게는 오래된 다리라고 불린다. 그래도 이 다리는 보스니아인들뿐만 아니라 세계인이 기억해야 하는 다리다. 우리의 아픈 과거를 군이 들춰내야 하는 이유는 분명 우리가 기억해야 할 무엇이 있고 반복되지 말아야 할 과오와 실수가 있기 때문이다.

　지금은 사람들이 번지점프를 하고 있는 스타리 모스트에 그때의 자료를 모아놓은 전시실이 있다. 다리가 폭파되는 모습을 영상으로 관람할 수 있다. 서쪽 다리 모퉁이에는 "DON'T FORGET 93"이라고 새겨진 돌 위에 탄피들이 올려져 있다. 나에게 잊지 말아야 할 연도는 운 좋게 살아남았던 2013년도다.

20년의 시차를 두고 있는 각자의 비극은 서로에게 어떤 의미가 있을까? 나는 한동안 두 개의 자아가 보이는 간극을 괴로워했을 뿐 고난이 삶에 던진 의미를 찾고자 고민하지 않았다. 사고의 영역을 넓히지 못하고 상처가 주는 비극에만 집착하며 그 슬픔 안에 스스로를 가두었다. 슬픔과 상처의 시간이 지금도 지속되는 것은 아니다. 아직도 신음하는 까닭은 내가 그 시간 안에 아직까지 머물고 있는 까닭이다.

우리가 1993년을 기억해야 하는 이유는 비극의 의미를 짚어봄으로 현재 나아갈 방향을 찾을 수 있기 때문이다. 내가 2013년도를 기억해야 하는 건 그 고통의 강렬함 때문이 아니다. 그 시간을 견디고 버티면서 깨달았던 삶의 소중한 교훈들 때문이다. 시간의 흐름 가운데 어떤 특정한 지점을 어떻게 바라보고 해석하느냐는 우리 삶의 나침반이 되어준다. 기억되지 못한 실수는 반복되고 성찰의 기회를 상실한 실패는 무의미하다. 반복되는 삶의 궤도에서 진보하기 위해선 과거의 상처를 보듬고 더듬어 볼 필요가 있다.

일정한 궤도를 유지하다가 의도치 않게 맞닥뜨린 숙명과의 충돌로 뜻하지 않게 들어선 어둡고 낯선 길. 그 괴로운 그 길 위에서 뒷걸음질 치거나 쓸쓸하게 주저앉기만 해서는 안 될 일이다. 그 시간을 왜, 어떻게 기억해야 하는가를 생각했다. 이제는 평화와 화합의 상징이 된 스타리 모스트 아래에서 나는 잊지 못할 시간이 준 교훈들을 곱씹었다.

보스니아를 비롯한 발칸반도의 국가들은 오랜 기간 오스만제국의 지배를 받아왔다. 그러나 19세기 이후 민족주의가 확산되면서 오스만제국의 지배에서 벗어나려는 독립의 열망이 꿈틀댄다. 특히 슬라브인들에게는 오스만제국을 유럽에서 몰아내고 남슬라브 단일국가를 건설하자는 범슬라브주의가 확산되었고, 19세기 초반 두 차례에 걸친 봉기로 오스만 제국에게서 자치권을 획득했던 세르비아가 그 중심에 있었다.

러시아도 발칸반도에 대한 영향력을 확대하기 위해 이러한 범슬라브주의를 지원했다. 1877년 러시아와의 전쟁에서 패한 오스만제국은 산스테파노 조약으로 이스탄불을 제외한 모든 유럽의 영토를 잃었다. 몬테네그로, 세르비아, 루마니아가 독립했고 불가리아, 보스니아, 헤르체고비나가 자치권을 얻었다.

그러나 열강들의 개입으로 발칸반도의 정세는 오히려 더 복잡해졌다. 1866년 프로이센과의 전쟁에서 패하면서 제국의 서부를 잃은 오스트리아 - 헝가리 제국은 발칸반도로의 동진東進을 적극적으로 추진하고 있었고, 지중해 지역과 중앙아시아 등에서 러시아와 대립하던 영국·프랑스·독일을 끌어들여 러시아를 견제하려 했다.

마침내 유럽의 열강들은 1878년 베를린회의에서 자신들의 이해관계에 따라 산스테파노 조약을 수정했다. 그 결과 불가리아 영토의 상당부분이 다시 오스만제국으로 반환되었으며, 보스니아는 오스트리아 - 헝가리 제국의 지배를 받게 되었다. 그 뒤 오스트리아 - 헝가리 제국은 보스니아를 동진정책의 전초기지로 활용하려고 했으며, 1908년에는 보스니아를 완전히 병합했다.

이러한 오스트리아 - 헝가리 제국의 정책은 보스니아의 세르비아계 주민들의 민족주의를 자극했으며, 이 지역 정세를 불안정하게 만드는 중요한 요인으로 작용했다. '젊은 보스니아Mlada Bosna'나 '검은 손 Crna ruka' 등 범슬라브주의에 기초한 비밀결사대가 1910년 이후에 잇달아 구성되어 활동하기 시작했다.

오스트리아 - 헝가리 제국의 황제인 프란츠 요제프 1세의 조카이자 왕위 계승자인 프란츠 페르디난트 대공은 아내 조피와 함께 군대의 훈련상태를 살피기 위해 1914년 6월 28일에 사라예보를 방문했다. 그 날은 그들의 결혼 14주년 기념일이었다. 그러나 세르비아인들에게 점령국 황태자 부부의 방문은 애초부터 반가운 일이 아니었다. 게다가 그 날은 세르비아인들이 중요하게 여기는 성 비투스 축일Vidovdan이자, 세르비아왕국이 코소보 전투에서 오스만 제국에게 패한 치욕의 날이라 세르비아인들의 반감은 더욱 커진 상태였다.

📍 사라예보 사건

　1914년 6월 28일, 오스트리아 – 헝가리 제국의 황위 계승자인 프란츠 페르디난트 대공과 그의 부인 조피가 열차를 타고 보스니아에 도착한다. 대공 부부는 오전 10시를 조금 지난 시각에 일행과 함께 4대의 차를 이끌고 이동했다. 젊은 보스니아라는 민족주의 조직에 속한 18세의 청년이자 대학생이었던 가브릴로 프린치프는 세르비아계 보스니아인으로 보스니아가 오스트리아 – 헝가리 제국으로부터 독립하여 독립국인 세르비아와 합치기를 원하였다.

SA OVOG MJESTA 28.JUNA 1914.GODINE
GAVRILO PRINCIP JE IZVRŠIO ATENTAT NA
AUSTROUGARSKOG PRESTOLONASLJEDNIKA
FRANCA FERDINANDA I NJEGOVU SUPRUGU
SOFIJU

FROM THIS PLACE ON 28 JUNE 1914.
GAVRILO PRINCIP ASSASSINATED THE HEIR
TO THE AUSTRO-HUNGARIAN THRONE
FRANZ FERDINAND AND HIS WIFE SOFIA

오스트리아 황태자가 보스니아 – 헤르체고비나의 수도 사라예보를 방문할 것이라는 소식을 듣자 프린치프와 네디엘코 카브리노비치를 포함한 4명의 학생들이 음모를 준비했다. 프란츠 페르디난트 대공은 제국 내에서 게르만인과 슬라브인이 평등하게 지내게 하려는 계획을 세우고 있었으나 세르비아 민족주의 단체는 이러한 온건 정책이 오히려 세르비아인의 결집 의지를 약화시킨다고 여겼다. 또한, 오스트리아 – 헝가리 제국 내에 슬라브계 민족이 동등하게 동맹에 참여할 수 있는 제3의 왕국을 수립하려는 프란츠 페르디난트의 구상은 통일된 단일 민족 국가를 열망하는 세르비아인들에게 위협이 되었다.

황태자 부부가 탄 차는 일차적으로 카브리노비치가 던진 폭탄을 맞아 테러를 당했으나, 무언가가 날아오는 걸 눈치챈 운전사가 속도를 높이는 바람에 차 뒷바퀴에 맞고 뒤따라오던 차 밑에서 터졌다. 16명이 중상을 입었음에도 황태자 부부에게는 전혀 피해가 없었다. 페르디난트는 자기 때문에 많은 사람이 다쳤다고 판단했다. 모든 사람들이 말렸음에도 불구하고 모든 일정을 취소하고 병원으로 가기로 결심한다. 경로를 변경해 지름길로 가기로 했으나, 실수로 운전사에게 미리 말하지 않았다. 운전사는 길을 잃었고, 골목에 숨어있다 달려 나온 프린치프는 총 두 발을 쏴 황태자 부부를 암살했다.

📍 1차 세계대전의 발발

사건이 발생한 사라예보는 오스트리아의 영토였으며 프린치프 또한 오스트리아령 보스니아에 사는 세르비아계 사람일 뿐 세르비아 국적을 가지고 있지 않았다. 그러나 세르비아가 러시아 제국의 지원을 받으며 남슬라브 운동을 은근히 부추기는 것을 탐탁지 않게 생각하던 오스트리아 – 헝가리 제국은 이 사건을 구실로 세르비아와 전쟁을 결심했다.

세르비아와 전쟁을 하기 위해서 동맹국 독일에 협조를 요청했고, 이에 외교사 최대 실수로 평가되는 "백지 수표"를 독일 빌헬름 2세가 제공한다. 지난 1878년에 체결된 독일 – 오스트리아 동맹에 따라 오스트리아를 무조건 지원하겠다는 뜻이었다. 원래 이 동맹은 독일이 주도

하고 오스트리아가 따르는 구조였음에도, 1908년 오스트리아의 보스
니아 합병 때부터 오스트리아가 주도하고 독일이 따라가는 것으로 전
도되어 있었다. 비스마르크는 일찍이 이것은 전쟁을 불러일으킬 것이
라며 경고한 바 있다.

오스트리아는 독일이 건네준 백지 수표를 믿고 7월 23일 세르비아에
다음과 같은 내용의 최후통첩을 보낸다. 답변 시한은 48시간이었다.

① 모든 반(反)오스트리아 단체를 해산할 것.
② 암살에 관련된 모든 자를 처벌할 것.
③ 반(反)오스트리아 단체에 관련된 모든 관리를 파면할 것.
④ 이와 관련된 조사에 오스트리아 관리가 세르비아로 들어가 도울 것을 허용할 것.

이 조항들을 내민 오스트리아의 속셈은 세르비아가 최후통첩을 거
부하는 것이었다. 파국을 피하고 싶었던 세르비아 정부는 1, 2, 3항까
지는 굴욕을 참고 받아들일 수 있었으나, 4항은 도저히 받아들일 수
없는 요구 조건이었고, 결국 세르비아는 이 최후통첩을 거부한다.

오스트리아는 바라던 바를 이루었기 때문에 7월 28일, 세르비아에
전쟁을 선포했고, 러시아가 7월 29일 총동원령을 내렸다. 독일의 빌헬
름 2세는 러시아와 프랑스에 동시에 최후통첩을 발했다. 러시아에 보
낸 최후통첩은 "총동원령을 해제하라. 안 그러면, 전쟁 상태로 간주
한다. 12시간 내 답변하라."였는데, 러시아는 아무 말도 하지 않았다.
프랑스에는 "만일 독일이 러시아와 전쟁 상태로 들어가면 프랑스는

어떤 행동을 취할 것인가? 18시간 내 답변하라."라고 발했다. 프랑스는 프랑스의 국가 이익에 따라 행동한다고 답변했다. 8월 1일, 독일이 러시아에 선전포고를 했고, 이후 각국은 서로 선전포고를 했다.

강대국들의 이해관계와 탐욕 그리고 실수가 더해져 참혹한 세계 대전이 발발했다.

📍 사라예보 포위전

이 땅의 비극은 여기서 끝나지 않는다. 사라예보는 보스니아 전쟁 기간 중인 1992년 4월 5일부터 1996년 2월 29일까지 1,425일 동안 세르비아계인 유고슬라비아 인민군과 스릅스카 공화국 군에 의해 포위되었다. 사라예보 포위전은 현대전쟁 사상 가장 긴 기간이다. 사라예보를 포위한 세르비아계 병력은 13,000명, 포위된 사라예보에 주둔한 보스니아군은 7만 명이었다. 하지만 보스니아 군의 무기는 세르비아계 병력에 비해 아주 초라했다.

사라예보는 산으로 둘러싸여 있고 서쪽으로만 열려 있는 분지에 위치하고 있다. 사라예보 주변의 고지를 선점한 세르비아 민병대는 대포, 박격포, 전차, 대공포, 중기관총, 로켓 발사기, 지대공미사일 등 중무기로 포격하였을 뿐 아니라 전략적 요충지를 점령하고 저격수를 동원하여 시민들을 죽음으로 내몰았다.

병력의 열세로 사라예보 완전점령에 실패한 세르비아계 군인들은 사라예보를 봉쇄하고 식량과 의약품의 보급은 물론 전기, 물, 난방 등

일상생활에 필요한 것들을 모조리 차단했다. 그럼에도 불구하고 사라예보 시민들은 투항하지 않았다. 3개월이 지난 6월 말쯤 사라예보 공항이 안전지역으로 편입되면서 유엔이 지원하는 보급품으로 연명할 수 있었다. 이듬해 중반에 완공된 사라예보 전쟁 터널인 '희망의 터널'은 사라예보의 숨구멍이 되어 주었다. 포위망을 뚫고 사라예보와 외부세계를 연결하면서 필요한 무기와 생활용품을 공급받을 수 있었다.

한 보고서에 따르면 포위 전 기간 동안 하루 평균 329회의 포격이 있었고, 1993년 7월 22일에는 하루에 가장 많은 3,777회의 포격이 떨어졌다고 한다. 이 기간 동안 사라예보의 사망자 숫자는 11,541명 혹은 13,952명으로, 자료마다 다르지만 만 명이 넘는 많은 사망자가 발생했다는 점은 공통된 사실이다. 부상자 수는 5만 명이 넘는다. 1993년 9월에는 사라예보의 거의 모든 건물이 손상되었고 약 3만5천 채의 건물이 붕괴되었다. 특히, 파괴 대상으로 꼽힌 병원, 의료단지, 미디어 및 통신 센터, 산업 단지, 정부 및 군사 건물, UN 시설이 집중적으로 파괴되었다. 이 밖에도 많은 유적지와 유물들이 불타 없어졌다.

아직 아물지 않은 상처들

📍 사라예보

사라예보는 귀에 익숙하지만 보스니아 헤르체고비나의 수도라는 점은 익숙지 않다. 사라예보는 모스타르에서 북동쪽으로 140km 정도 떨어져 있다. 네레트바 강을 따라 아름다운 협곡이 펼쳐는 구불구불한 M-17 도로를 버스로 2시간 30분 정도 달려 사라예보에 도착했다. 버스 터미널 바로 옆에 있는 기차역 앞에서 1번 트램을 타고 라틴 브릿지에서 내리는 것으로 사라예보의 여행은 시작되었다.

라틴 브릿지는 1914년 오스트리아의 황태자가 세르비아계 청년에게 암살되는 이른바 사라예보 사건이 일어난 곳으로 제1차 세계대전의 발화점이 된 곳이다.

지금도 총탄과 포탄의 흔적들을 어디서나 볼 수 있다. 건물에는 총알구멍이 여기저기 존재하며 포탄 자국을 붉은색으로 메워 놓은 '사라예보의 장미'도 거리에서 쉽게 만날 수 있다. 우물물을 마시면 사라예보에 다시 온다는 설이 있는 세빌리 우물 근처에 있는 직인 거리에는 총알과 포탄 탄피를 이용한 기념품과 전쟁에 사용된 무기의 잔해를 파는 상인들의 가판대가 줄지어 서 있다.

　당시 죽은 사람들이 묻힌 대규모 공동묘지들도 도시 곳곳에 있다.
전쟁으로 목숨을 잃은 어린이들을 추모하기 위해 지어진 공원을 찾았
다. 나와 비슷한 연도에 태어난 친구들이 내전 중에 목숨을 잃었다.
500여 명정도 되는 아이들의 넋을 기리고 있다. 지금은 추가로 500명
의 신원을 확인한 상태다. 신원확인이 완료되면 이때 사망한 아이들
이 2,000여 명에 달한다고 한다. 이들을 위로하는 꽃들이 놓여져 있
었다. 공원이라 데이트하는 연인들과 부모의 손을 잡고 놀러 온 아이
들도 많이 보인다. 분명 당시 어린이들도 전쟁으로 목숨을 잃지 않았

다면 지금 내 나이가 되어 연인과 데이트를 하거나 아이의 손을 잡고 공원에 나왔을 거라 상상하니 가슴이 아려왔다.

구시가지를 다시 가로질러 거대한 공동묘지 '바레'를 찾아갔다. 너무 많이 희생돼 죽음이 숫자로 치환된 사람들, 사랑들이 넓은 땅에 빼곡히 묻혀있다. 숫자로 들었던 사망자 수가 묘비로 보이니 가슴이 탁 막힌다. 여행하면서 가보았던 공동묘지와는 비교할 수 없을 정도로 규모가 크다. 빈 중앙 묘지에는 열정으로 불타는 삶 속에서 일찍 산화되어 버린 인생이 묻혀있었다면 이곳에는 화염으로 불타는 세상 속에서 일찍 산화되어 버린 인생들이 너무나도 많이 묻혀 있었다.

전 세계 호텔 체인인 Holiday Inn 중에서 가장 유명한 사라예보 Holiday Inn으로 향했다. 즈마야보스네 대로에 위치한 이 호텔은 내전의 역사 중심에 서 있었다. 1992년 4월 사라예보의 Holiday Inn 호텔에서 세르비아 저격수가 평화를 부르짖는 비무장 시민들에게 총을 발포하면서 내전이 시작되었다. 하지만 막상 내전이 시작된 후에는 각국의 기자단이 머물게 되면서 폭격하지 않기로 합의가 되었다. 결국, 내전 동안 폭격을 당하지 않은 사라예보의 유일한 건물이 되었다.

내가 사라예보를 방문한 2015년은 스레브레니차 집단 학살 20주기가 되는 해였다. 스레브레니차 집단 학살 자료가 있는 갤러리를 방문했다. 스레브레니차 집단 학살은 1995년 7월 11일에 일어나 8,000명 이상의 사망자를 낳은 비극적인 사건이다. 보스니아 내전 중에 터진 이 사건으로 보스니아 헤르체고비나의 스레브레니차 지역에 살고 있던 보스니아인들은 라트코 믈라디치 장군 휘하의 스릅스카 공화국 군대에 의해 인종 청소의 일환으로 살해당했다. 스릅스카 공화국의 군 외에도, 1991년까지 세르비아 내무부의 일부로 공식적으로 활동했던 준군사조직 스코르피오니도 이 사건에 개입했다.

당시 힘겹게 살아남은 사람들을 인터뷰했던 영상을 보고 있으니 알싸한 무언가가 코끝에 묻는다. 학살된 가족들의 시신은 묻었지만, 가족들과의 추억과 상실의 아픔은 묻을 수 없었다. 처참한 현실과 비참한 진실을 받아들이는 일은 살아있는 사람들에게 너무나도 힘들고 벅찼다. 그들이 수없이 많은 질문과 부정 그리고 분노를 쏟아내는 가운데 눈물도 쏟아져 내린다. 피 토하듯 오열하는 어른들 사이로 아이들이 미세하게 머금은 미소는 세상에 대한 체념을 담고 있는 듯했다.

실제로 이런 일들이 일어나는 동안 국제사회는 아무런 도움도 주지 못했다. UN을 'UNITED NOTHING'이라고 적은 낙서에서 UN을 향한 보스니아인들의 분노를 느낄 수 있었다. 당시 UN의 무능함은 1993년에 극에 달한다. 1993년 1월 3일 보스니아 – 헤르체고비나의 부수상이 한 세르비아 검문소에서 프랑스 평화유지군들과 UN 장갑차에 탄 채 세르비아계 군인에게 암살당했다. 터키 대표단을 맞이하려 사라예보 공항에 갔던 부수상 투하일리치를 태운 UN 장갑차는 세르비아계 병사들을 마주한다. 세르비아군 장교가 장갑차 안에 투라일리치가 있음을 눈치챘다. 어이없게도 장갑차의 뒷문이 열렸고 세르비아군은 투라일리치에게 자동소총을 발사했다. 그는 그 자리에서 즉사했다.

1993년 중반 세르비아의 '인종청소'가 시작된 지 1년이 넘어서야 유엔은 무슬림을 위한 '안전지대' 건설을 논의하기 시작했다. 1995년 스레브레니차는 UN안보리가 지정한 '유엔 보호 안전' 지역이었다. 하지만 무장한 네덜란드 평화군 400명이 주둔 중이었음에도 8,000명이나 그 땅에서 학살당했다. 그 후, 한 세르비아인이 발사한 박격포가 사라예보의 붐비는 시장에 떨어져 68명의 시민이 죽고 200명이 부상당하고 나서야 비로소 유엔은 무심한 태도를 그만두고 세르비아에 위협을 시작한다. 갤러리 입구에 있는 문구는 우리 사회에 메시지를 던지고 있었다.

"부정이 승리하기까지 필요한 단 한 가지는
우리가 아무것도 하지 않는 것이다."

보스니아 헤르체고비나를 떠나는 날, 대성당에 들어가 기도했다. 이곳에 더 이상의 상처가 생기지 않기를, 잘 극복할 수 있기를, 더 이상 부정이 승리하는 세상이 되지 않기를, 불의에 침묵하는 우리가 되지 않기를 기도했다. 사라예보만큼 20세기의 시작과 끝을 격동적으로 보낸 도시가 어디 있을까? 101년 전, 1차 세계대전이 일어난 발단이 되었고 1984년 동계올림픽을 개최할 정도로 발전했었지만 10년도 지나지 않아 내전으로 모든 것을 잃어야 했던 비운의 도시. 주변 강대국들의 헤게모니 싸움에 휩싸이고 종교와 인종 갈등이 더해져 파괴되고 무너져야 했던 슬픔과 아픔의 도시에 평화와 회복이 깃들기를 기도했다.

평화와 갈등
그리고
김정은과 이소룡 사이

◉ 세르비아로 가는 길

옛 유고슬라비아 국가들을 여행할 때 가장 어려운 문제는 국경 넘기다. 극심한 내전으로 서로 반목하며 살았기 때문에 국가와 국가를 이어주는 교통편이 매우 열악하다. 게다가 아직 분쟁의 잔불이 꺼지지 않은 상태라 상황도 복잡하다.

나는 사설 차량을 이용했다. 숙소 주인은 업체가 시간약속을 안 지킨다며 반대했지만 둘 사이에 수수료 문제로 다툼이 있었는지 아니면 세르비아 업체가 운영하는 차량이라 보스니아인으로서 반대하는 것인지 확실하지 않았다. 내가 느끼기에는 괜한 트집 같았다. 다른 선택을 할 수 없었기에 사설 차량을 이용해 세르비아의 수도 베오그라드로 향했다. 게다가 사설 차량은 사라예보 숙소 앞에서 베오그라드 숙소 문 앞으로 바로 데려다준다. 대성당 뒤편 버스정류장에 기다리니 정확한 시간에 도착했다. 오늘 같이 타고 가는 5명은 모두 세르비아인들이었다.

　베오그라드를 향하는 길. 나 혼자 한국인이라 그런지 사람들은 나에게 무척 관심이 많았다. 사실 외국에서는 한반도의 남측보다는 북측이 더 잘 알려져 있다. 남한의 대통령 이름은 몰라도 북한의 독재자 이름은 모두가 잘 알고 있다. 국경을 넘는 서류를 제출한 상태라 내 한국 이름을 알고 있는 기사는 내가 북한 독재자 이름과 똑같다며 사람들에게 내 이름을 말한다. 사실 똑같지 않지만, 외국인들이 느끼기엔 발음이 비슷하게 느껴질 수도 있는 이름이다. 나는 이 차 안에서 독재자라는 별명이 붙었다. 화장실이 급해 차를 세울 때도 기사가 아닌 나에게 물어봤고, 기사는 점심식사를 할 식당이 이미 정해져 있음에도 내게 허락을 구했다.

나를 놀리는 데 혈안이 되어 있는 사람들을 태운 차는 산 능선을 따라 동유럽 특유의 주황색 지붕을 얹은 2층집들 사이를 구불구불 지난다. 하늘과 산이 파란색과 푸른색으로 창문을 이등분하고 있는 선 위에 지붕들이 주황색을 얹어 놓고 있었다. 발코니에 걸린 빨래와 화분들이 그 아래 다양한 색을 더하며 아름다운 풍경을 연출했다.

중간쯤 왔을까? 경찰이 도로를 막고 있다. 기사는 경찰과 한참을 이야기하더니 여기저기 전화를 건다. 세르비아까지 가는 도로가 폐쇄되어 길을 돌아가야 했다. 덕분에 대학살의 현장이었던 스레브레니차와 투즐라까지 지나칠 수 있었다. 난민들의 피난길을 차로 지났다. 더운 날씨와 어울리지 않게 침엽수들이 우거진 산, 적당히 살집이 오른 구름들이 보인다. 살기 위해 가족들과 떨어져 이곳을 걸어야 했던 사람들이 생각나 그리 아름답게만 느껴지지는 않았다.

국경에 도착했다. 심사를 위해 서 있는 차에서 내려 국경 앞에서 만나기로 하고 국경이 있는 다리 위를 걸었다. 불과 20년 전, 피로 피를 씻었다고 전해질 정도로 잔혹한 전쟁을 벌인 국가들의 국경답지 않게 너무나 평온하다. 다른 유럽국가와 마찬가지로 밀입국을 해도 모를 만큼 국경 넘기가 엄격하지 않았다.

두 나라 사이를 흐르는 드리나 강에서는 사람들이 수영을 하고 작은 배에 몸을 실어 카약킹을 하고 있었다. 같이 차에 탄 사람 중 한 명이 남한과 북한 국경에 대해 물었다. 넘을 수도 없고 넘으려고 했다가는 총에 맞아 죽는다고 대답했다. 휴전과 종전의 차이일 테다. 우리는 이들과 다르게 분리가 아닌 통일을 전제로 하고 있어서일까? 역설적으로 경계의 지점은 엄격하고 살벌하다.

국경 심사대 직원이 차에 타라며 내 여권을 흔든다. 나를 부른 이름은 본명이 아닌 '브루스 리이소룡'이었다. 이곳 사람들은 '성룡'보다는 이소룡을 더 좋아하는 듯했다. 이유는 모르지만, 모스타르에도 브루스 리 동상이 있었다.

너와 나의
슬픈 연결고리

📍 베오그라드

어둠이 내려앉은 베오그라드에 도착했다. 같이 탄 사람들이 사는 아파트에 들러 사람들을 다 내려주고 나서야 내 숙소로 향했다. 기사는 내가 가장 마지막에 내리는 순서에 미안해했지만 나는 베오그라드의 주거지역과 야경을 편하게 차로 구경할 수 있어서 오히려 좋았다. 배도 그리 고프지 않았고, 숙소로 간다고 해서 딱히 할 일이 있는 것도 아니었다. 숙소는 내가 주로 이용하는 숙소예약 사이트에서 10점 만점을 받은 정말 희귀한 숙소였다. 특별한 점이 있는 것은 아니었지만 깔끔한 시설과 친절한 직원이 비결인 듯했다.

하얀 도시라는 뜻을 가진 베오그라드 여행은 숙소에서 10분 거리인 공화국 광장에서 시작했다. 키릴문자가 또 나를 괴롭힌다. 불가리아 여행을 하면서 읽는 법을 배웠지만 아직은 익숙하지 않다. 2006년 10월 28일과 29일에 실시한 국민투표로 확정한 헌법 10조 1항을 보면 "세르비아공화국에서는 세르비아어와 키릴문자가 공식적으로 사용된다."라고 적혀 있다. 지금도 로마자로 표기된 곳이 많긴 하지만 대부분은 키릴문자로 표기되어 있었다.

공화국 광장에는 폐차와 기계의 부품으로 만든 로봇이 전시되어 있었다. 마치 영화 〈트랜스포머〉의 주인공들 같다. 부서지고 상처 난 기계들이 어우러져 로봇으로 새로 태어난 모습을 보니 전쟁의 상처를 딛고 새롭게 부상하려는 세르비아의 모습 같았다. 1876년 오스만 제국으로부터 독립서약서를 받아낸 크네즈 미하일로 오브레노비치 왕의 기마상이 우뚝 서 있다. 그리고 그 아래 국가의 표어인 "Само слога Србина спасава^{단결만이 세르비아를 구원한다}"가 적혀 있다.

공화국 광장은 크네즈 미하일로바 거리로 이어진다. 크네즈 미하일로바 거리는 누구나 추측 가능하게 크네즈 미하일로 오브레노비치 왕의 이름을 따서 만들었다. 세르비아 최고의 번화가로 활기찬 분위기가 느껴진다. 베오그라드는 유고슬라비아의 중심이었다. 미국, 소련과도 어깨를 나란히 했던 국가의 수도는 세계에서 가장 많은 폭탄이 투하된 도시라는 비극적인 타이틀도 갖고 있다. 하지만 빠른 복구로 예

전의 영화로움을 회복하는 모습을 보이는 듯했다.

보헤미안의 거리라고 알려진 스카다리야에는 로마시대 때 만들어진 돌길이 깔려 있다. 입구에는 물을 뿜고 있는 얼굴들이 있다. 예전에는 알렉산드리아 맥주를 만드는 물로 사용되었지만, 맥주 공장이 폐쇄되면서 지금은 내 목을 축이고 있다. 보헤미안의 거리답게 분위기가 독특한 카페와 레스토랑이 줄지어 서 있다. 그 사이로는 거리의 예술가들이 음악을 연주하고 있었다. 세르비아에 낭만주의를 전파한 시인이자 화가 그리고 예술가들의 우두머리로 알려진 주네 압스타 동상 앞에서 슬리보비츠를 한 잔 먹었다. 슬리보리츠는 자두를 발효시켜 만든 자두 와인을 다시 증류시켜 만든 브랜디다. 이곳이 보헤미안의 거리가 된 이유는 인구 대비 너무 크게 만든 극장 때문이라고 한다. 덕분에 많은 예술가들이 이곳에 모여 각자 자유로운 예술 활동을 했다고 전해진다.

　사르보나 정교회는 크네즈 미하일로 오브레노비치 왕이 지었다. 주변은 베오그라드의 역사가 오롯이 간직된 건물들이 많다. 세르비아에서 가장 오래된 카페, 초등학교, 약국, 우체국이 위치한다. 가장 오래된 카페는 이름이 없다. 그냥 "?"가 붙여져 있다. 1830년 문을 연 술집이다. 당연히 술을 마시러 오는 사람들이 많았다고 한다. 그래서 사건 사고가 끊이지 않았다. 당시 카페의 이름은 사르보나 교회 앞 카페였다. 그러자 바로 옆에 있는 사르보나 정교회의 신자들이 신성한 교회 옆에서 경건한 분위기를 망치는 이 카페의 이름을 바꿀 것을 요구했다. 간판을 떼고 이름을 정하지 못해 "?"를 붙인 채 영업했다. 그 간판이 지금까지 이어지고 있다.

　언덕을 조금만 올라가면 우리나라의 한국은행과 같은 역할을 하는 세르비아 국립은행 내부에 있는 화폐박물관에서 자신의 얼굴이 인쇄된 세르비아의 지폐를 기념품으로 제작해준다. 나도 아침 일찍 첫 손님으로 들어가 그 날 첫 지폐의 주인공이 되었다.

　숙소에서 나와 길을 정처 없이 걷다가 크네자 밀로사 거리에 갔다. 세르비아는 옛 유고연방 내전의 주범국이지만 이곳에 나토군의 폭격으로 파괴된 두 건물을 당시 모습 그대로 보존하고 있다. 다른 건물들은 복구가 되었지만 당시 육군본부와 국방부 건물로 사용했던 두 건물은 전쟁의 상흔을 그대로 담고 있었다. 역사의 현장을 그대로 보존해 교육적 목적으로도 활용하고 주범국인 우리도 피해가 심했다는 것을 보여주고자 하는 목적이 있었다고 한다. 그러다 결국 이 폐허를 호텔로 재건축하기로 결정했지만 이 건물을 무너뜨리면 다른 건물이 무너져 내릴 가능성이 커 이러지도 저러지도 못하는 상황이라고 했다. 과연 전부 다 진실인지는 명확하지 않지만, 전쟁의 처참함을 보여주고 있다는 점은 분명했다.

  마지막 날에는 칼레메그단 요새에 올랐다. 이반 메슈트로비치가 만든 승리기념탑을 배경으로 사람들이 남자의 성기를 잡는 과감한 설정의 사진을 찍는다. 이 기념탑은 남자의 나체상이 조각되어 있다. 원래는 시내 중심에 세워졌지만, 남자의 나체가 흉측하다는 민원이 많아 칼레메그단 요새 왼쪽 전망대로 옮겨졌다. 민망해서 옮겼는데 더 높은 곳에 우뚝 솟아 더 넓은 곳을 향해 그 몸을 자랑하고 있는 아이러니한 광경이다.

  베오그라드는 두 개의 강이 흐르는 독특한 도시다. 흔히 도나우강이라고 알고 있는 다누브강과 사바강이 베오그라드를 관통한다. 두 강이 만나 갈라지는 지점을 물끄러미 바라보았다. 신시가지와 구시가지를 잇는 사바강의 다리들이 눈에 들어온다.

  양쪽의 땅을 잇는 다리에는 각자의 이야기가 숨어 있다. 나토군의 폭격에 맞서 세르비아인들이 온몸으로 지켜낸 다리, 나치가 만든 다리 중 세계에서 유일하게 아직까지 남아 있는 다리가 있다. 나치가 2차 세계대전에서 패색이 짙어지자 후퇴하면서 자신들이 전쟁 중에 지은 모든 다리를 폭파시켰지만 이곳의 다리는 세르비아인의 기지機智로 파괴되지 않고 남아있다. 다누브강 북쪽으로 올라가면 전쟁의 잔혹함을 그대로 담고 있는 다리가 있다. 세르비아 제2의 도시 노비사드에는 두 번의 전쟁으로 두 번이나 무너진 초라한 다리가 페트로 바라딘 요새 앞에 남아있다. 그 다리를 어루만지고 지나가는 다누브강의 모습은 자식의 상처를 쓰다듬는 주름진 손처럼 애틋하게 느껴진다. 파괴는 찰나에 이루어지지만, 그 상처는 오래 남는다.

다리가 지닌 철학적 함의는 연결과 소통, 전환이다. 땅과 땅을 잇는 다리에도 이야기가 있듯 사람과 사람도 만나고 연결되어 이야기를 만든다. 관계에는 결국 상처만이 남는다는 이야기도 있지만 그 과정에는 기쁨, 분노, 미움, 슬픔, 위로, 욕망, 애정, 사랑 등 이루 헤아릴 수 없는 복잡미묘한 이야기들이 탄생한다. 그래서 다리를 짓는 일. 서로가 서로를 잇는 일은 숭고하다. 외롭고 고된 작업 끝에 연결된다 하더라도 상처와 갈등만이 남을 수 있다. 그럼에도 용기 내어 손을 내미는 일. 손과 손을 맞잡고 소통하는 일은 단순해 보여도 거대한 용기를 필요로 한다. 나는 어떤 사람들과 연결되어 무엇을 교류하는가? 그리고 그 매개에 담겨 있는 이야기는 무엇일까? 나는 그들과 이어지며 어떻게 변화되었을까? 찬찬히 되짚어 보았다.

어느 누구도 관계에서 자유로울 순 없다. 복잡하게 얽히고설킨 관계 속에서 매번 미끄러지고 어긋나기만 하는 쳇바퀴의 회전이 우리를 외롭게 만든다. 이렇게 혹독한 삶을 사는 우리는 홀로 있는 고립의 시간에 자신을 발견하기도 하지만 관계에서 우리의 인생이 정립되기도 한다. 인생은 무수한 관계를 통해 다듬어진다. 그래서 우리는 관계를 잇는 다리를 짓는 기막히게 허무한 삶을 꾸준히 살아야 하는지도 모른다. 평행선 같은 개별적인 인생을 이어주는 건 결국 다리뿐이기 때문이다. 이런 지지부진한 업이 곧 인생이 되고 이야기가 된다.

이웃한 나라들과 한때는 통일된 국가였지만 갈라지면서 피비린내 나는 전쟁을 했던 세르비아. 그들이 남긴 이야기는 왜 잔혹할 수밖에 없었을까? 앞으로 세르비아가 써 내려가는 이야기는 세르비아의 국가 國歌와 같이 신의 정의가 이곳에 함께하는 서사이기를 기도했다.

정의로우신 하느님,

지금까지 우리를 파멸에서 구해주신 당신,

변함없이 우리의 목소리를 들어주시고,

영원히 우리의 구세주가 되어 주소서.

전능하신 손길로 이끌어 주시고, 지켜주소서.

세르비아 민족의 앞날을.

하느님, 구원하고 지켜주소서,

세르비아 땅과 세르비아 민족을!

– 세르비아 국가 〈하느님의 정의〉 1절

코소보로 가는 길

세르비아를 가고자 하는 사람은 코소보를 먼저 가면 안 된다. 코소보는 2008년 독립 선언한 뒤, 2010년 국제 사법재판소로부터 독립을 인정받았다. 미국과 유럽의 대다수 국가들이 세르비아의 독립을 지지하지만, 세르비아는 물론 러시아와 중국, 스페인 등 다수의 국가에서는 코소보의 독립을 아직 반대하고 있다. 이 때문에 코소보에 먼저 입국하고 세르비아를 들어가게 되면 코소보에 있었던 기간은 불법체류 기간이 된다. 코소보를 통해 다른 나라로 출국할 때는 보통 문제가 되지 않지만, 때론 문제가 되는 사례들도 아주 가끔 발생한다. 따라서 세르비아에서 코소보를 갔다 온 뒤 다시 다른 나라로 이동하는 게 일반적이다.

이런 험난한 국경을 넘는데 몸은 노곤하다. 청심환을 먹은 듯 긴장도 되지 않았다. 보통 낮 버스에서는 잠을 자지 않으려 노력하는 편이다. 낮 이동 중에 잠을 자면 밤에 잠이 잘 오지 않는다. 그러면 여행의 리듬이 깨진다. 세르비아와 코소보 국경에서 코소보의 수도인 프리슈티나까지는 약 30km 정도 떨어져 있다. 국경을 넘고 나니 너무 졸렸다. 10분만 자겠다고 눈을 붙였다.

　이런 경우의 결과가 대부분 비참하듯 눈을 떠보니 버스 안에 사람들이 반 이상 줄었다. 시간을 확인하려 휴대폰을 보니 한 시간이 지나 있었다. 지금 이곳은 여행 적색경보 지역이라는 외교부의 문자도 와 있었다. 하지만 신기하게도 마음이 여유로웠다. 두려움과 걱정보다는 호기심이 생겼다. 내 여행경로에 들어있지 않은 땅을 밟아볼 기회라고 생각했다. 의도치 않았던 돌발 상황을 대하는 여행자의 여유가 생긴 걸까?

　결국, 70km 떨어져 있는 프리즈젠이라는 도시에 내렸다. 우리나라로 치면 군郡정도 되는 크기의 마을이었다. 버스 정류장에서 프리슈티나로 돌아가는 마지막 버스표를 샀다. 버스 좌석이 편하지 않았음에도 깊은 잠에 빠진 이유는 로마 신화를 읽었던 탓이다. 책을 가방에 집어넣었다. 발칸반도 여행을 끝내고 이탈리아로 넘어가기 전 로마신화를 다시 읽어보자는 마음이 있었다. 지금 발칸반도 여행에 집중하라는 발칸의 메시지라고 생각했다.

노을이 지는 작은 도시를 지도
한 장 없이 걸었다. 코소보는 알
바니아계 사람들이 사는 지역으
로 이 도시에도 무슬림들이 많
았다. 알바니아 국기도 종종 볼
수 있었다. 세르비아와는 또 많
이 다른 느낌이었다. 한 모스크
미나레에서 울리는 아잔 소리를
등지고 다시 버스터미널로 향했다.

이내 칠흑 같은 어둠이 버스를 감싸기 시작한다. 이곳에 올 때와는
다르게 버스는 고속도로가 아닌 국도를 달리고 있었다. 국도에는 가로
등도 없었다. 버스는 실내등도 없다. 어둠에 둘러싸인 버스는 20분 단
위로 정차했다. 사람들은 검은 커튼으로 둘러싸인 듯한 어둠을 헤치
며 버스에 오르내렸다.

발칸의 화약고라고 불리던 코소보. 소수의 세르비아인들은 인구의
대다수를 차지하는 알바니아인들을 탄압했다. 그러다 인종청소라는
명분으로 학살하기까지 이른다. 결국, 1999년 코소보 전쟁으로 민족
갈등이 폭발했다. 이곳은 세르비아 민족주의자들에게는 오스만 제국
에 맞서 항전했던 중대한 역사의 땅이며, 세르비아 정교회에서도 중요
한 위치를 차지하고 있는 성지다. 그래서 세르비아는 더욱 코소보를
분리할 수도 없는 입장이다. 지금도 다수의 알바니아계 사람들과 소
수의 세르비아계 사람들 사이의 갈등은 존재한다.

프리슈티나
- 어쩌면 우리의 미래

📍 우리가 역사를 배워야 하는 이유

버스에서 내려 빌 클린턴 거리를 지나 마더 테레사 길을 따라 숙소에 도착했다. 사담으로 코소보의 독립을 가장 적극적으로 지원한 국가는 미국이다. 당시 미국 대통령은 빌 클린턴이었다. 그래서 클린턴 거리와 클린턴 동상이 프리슈티나에 있으며, 어느 박물관을 가든 클린턴의 사진을 볼 수 있다. 마더 테레사는 마케도니아 출신으로 발칸의 자랑이다.

6명이 쓰는 도미토리에는 코소보인 M과 미국인 J가 있었다. 맥주를 흔들며 같이 한잔하자는 제의에 거실로 나갔다. 늦은 저녁이었지만 낮에 버스에서 깊은 잠을 잔 탓인지 잠이 오지 않았고, 잠시 놀다가 자면 되겠다는 생각을 했다.

한국 남자들이 모이면 보통 군대이야기를 하지만 이 자리는 특이하게도 정치이야기로 가득했다. 하지만 모든 남자들의 수다는 여자이야기로 수렴되듯 결국 여자이야기로 빠졌다. 앞서 정치이야기를 한 탓에 여성 정치인 이야기가 되었다.

여성 정치인 이름을 대다가 그들의 업적을 잠시 나눈 뒤, 엉뚱하게
도 누가 가장 섹시한 여성 정치인인지를 놓고 토론을 벌이기 시작했
다. 아르헨티나의 대통령인 크리스티나 페르난데스로 의견이 일치할
때쯤 미국인 J가 대화 내내 말을 아끼고 있었던 나를 가리키며 한마디
던진다.

"지금 Joe는 비밀을 감추고 있어^{Joe : 필자의 영어이름}."

뜨끔했다. 차가운 맥주 캔에 맺힌 물방울을 무심히 닦던 손을 입에
갖다 대며 조용히 하라는 신호를 보냈다. 하지만 중대한 발표를 앞둔
사람이 입을 열기 전, 물을 마시며 말라가는 목을 적시듯, 맥주를 한
모금 마시더니 입을 열었다.

"사실 Joe의 대통령도 여자야."

"지금 섹시한 여성 정치인 이야기하고 있잖아. 우리 대통령은 섹시
하진 않아. 나는 너네 정치인인 힐러리도 안 섹시해."

"하하! 알아. 너희 나라 정치인들은 외모랑 거리가 멀지. 박영선, 이
정희, 심상정도 그렇지. 얼마 전에 보니 이희호 여사는 이제 곧 북한
방문한다고 하던데?"

놀랐다. 우리나라 대통령이 여자인 사실은 알고 있을 수 있다고 생
각했지만, 정치에 무관심한 한국 사람들보다 더 많은 한국 정치인들
을 알고 있었다. J는 세계적으로 유명한 언론사의 국제부 기자였다.
수년간 아시아 지역을 취재하다가 지금은 쉬면서 발칸지역 기사를 작
성한다고 말했다. 코소보 사람인 M은 프리슈티나 대학교에서 정치학
을 전공하고 있는 학생으로 J의 취재를 도와주고 있는 중이라고 한다.

나는 괜한 질문을 던졌다.

"너네가 보는 한국의 모습은 어때?"

"지금 몰라서 묻는 건 아니길 바래. 나는 청와대에 취재하러 들어가기가 너무 힘들었어. 다른 외신기자들도 마찬가지야. 청와대는 물론 정부기관에 취재를 가도 질문 하나 제대로 할 수 없었어. 제대로 된 기사를 쓰기가 불가능하지. 그래서 난 너에게 딱히 해 줄 말이 없어."

이 말을 시작으로 한국 정치에 대한 비판을 쏟아냈다. 맥주 한 모금 마시지 않는다. 이후 이어진 대화는 쓰지 않기로 한다. 내가 쓴 첫 책이 불온도서로 지정되는 불미스러운 일은 피하고 싶다. 독자들의 호기심을 달래기 위해 일부 기록하면 예전 이 땅의 상황과 지금 우리나라의 상황이 근본적으로는 똑같다는 점이다. 하지만 여행 이후, 밝혀진 바에 따르면 그가 상상하는 이상으로 우리나라는 최악의 정치 상황이었고, 광화문에는 촛불이 넘실댈 수밖에 없었다. J의 국가도 트럼프를 대통령으로 선출했다.

"국민을 항상 지도자의 명령에 굴복하도록 하는 것은 쉽다.
 국민들에게 공격받고 있다고 선전하고,
 애국심이 부족하다고 평화론자들을 맹비난하고,
 또 국가를 위험에 노출시키면 된다.
 이것은 어느 국가에서나 작동한다."

 – 헤르만 괴링

우리나라에 있었으면 어버이들에게 종북 빨갱이로 호도되어 공격받아야 할 J와 M과 함께 다음 날 프리슈티나 시내로 나섰다. 취재를 하는 동안 나는 주변을 서성이며 낡은 건물들 사이를 배회했다. 계단 모퉁이에 앉아 있는데 J와 M이 취재를 마치고 나온다. 음료수와 함께 두 사람은 나에게 충고가 섞인 말도 함께 건넨다.

"너는 어쩌면 가슴 깊은 곳에 우월감을 가지고 이 도시의 모습을 안타깝게 바라보고 있을 수 있다. 하지만 북한 주민과 이민자들을 대하는 배타성과 적개심이 극단으로 몰리면 너희 나라도 결국 파국으로 치달을 가능성이 있다. 너는 이곳에서 과거의 모습을 바라본다고 생각할지 모른다. 나와 다른 모습을 한 사람들을 적으로 몰아세우는 태도가 이 땅을 이렇게 만들었다. 부패한 권력자들은 자신의 과오와 부당이득을 감추기 위해 외부의 적들을 이용해 선동한다. 자신에게 쏠리는 비판과 감시를 막기 위해서다.

지금 합리적인 시선으로 세상을 바라보지 못한다면 지금 눈앞에 펼쳐진 장면들이 한국의 미래가 될 수 있다. 평화적인 통일과 화합을 이루지 못한다면, 그리고 귀를 닫은 채 자기 입에서 나오는 말만 진리라고 생각하는 권력집단이 점점 힘을 얻는다면 나중에 지금 너가 안타깝다고 생각하는 이 땅의 사람들이 너를 위로하는 때가 올 수도 있다. 난 너가 이곳에 온 게 참 잘한 일이라고 말해주고 싶다. 이곳에서 이들의 실수를 배워라. 아니면 너도 똑같은 실수를 반복하게 될 것이다. 이 땅이 어떻게 지금의 문제를 해결해 나가는지 여행이 끝난 뒤에도 계속 지켜봐 주길 바란다."

나는 고개를 끄덕이며 음료수를 들이켰다. M이 한마디 덧붙인다. 나중에는 이곳에 북한사람과 남한사람이 같이 여행 오는 날이 오길 바란다고. 우리는 같은 민족이라 민족과 종교가 다른 자기들보다 더 쉽게 화합을 이룰 수 있을 거라고 위로의 말도 전한다. 몸을 일으켜 세우며 나도 정말 그렇게 되길 바란다고 대답했다. 우리도 회복하길. 지금의 어려움을 슬기롭게 극복할 수 있기를 서로 다짐했다.

"세상은 고통으로 가득하지만 그것을 극복하는 사람들로도 가득하다."
　　- 헬렌 켈러

마케도니아 스코페

마케도니아는 1991년에 유고슬라비아로부터 국경 변경 없이 평화롭게 분리, 독립했다. 마케도니아는 마케도니아 공화국뿐 아니라 그리스, 불가리아에 걸친 역사상의 지방을 이르는 이름으로, 그리스에도 마케도니아로 명명한 행정 구역이 있다. 1993년 유엔에 가입했으나 나라 이름을 "마케도니아"로 쓰는 데 그리스가 반대하여 1995년부터 외교적으로는 마케도니아 구 유고슬라비아 공화국FYROM the Former Yugoslav Republic of Macedonia이라는 잠정 명칭을 사용한다. 국명國名 문제는 마케도니아의 EU 가입과 NATO 가입을 반대하는 그리스의 졸렬한 핑곗거리가 되고 있다.

그리스는 마케도니아와 갈등이 심해 마케도니아의 외교에 사사건건 시비를 걸고 있다. 마케도니아 정부는 우리나라에 수교를 요구하고 있으나, 우리나라 정부는 그리스와의 관계 악화를 우려하여 마케도니아와의 외교관계 수립을 못 하는 실정이다. 마케도니아는 1993년부터 북한과 단독 수교국이다.

구시가지에서 카메니 모스트 다리를 건너 마케도니아 광장으로 들
어섰다. 다리 주변에는 오스만제국에 대항해 독립운동을 펼쳤던 고체
델체프와 다메 그루에프 동상이 있다. 강변에 유스티니아누스 대제의
좌상도 보인다. 마케도니아 광장에는 알렉산더 대왕 기마상이 우뚝
솟아있다. 그 주변에는 물이 솟아오르고 그 물줄기 사이를 아이들이
뛰어다닌다. 반정부 시위가 일어나는 곳이 맞나 싶을 정도로 평화롭
다. 마케도니아에서 전 총리의 대규모 도청 사례가 폭로되고 나서 드
러난 부정선거 의혹 등의 후폭풍이 불었다. 마케도니아의 정국 혼란
이 책을 쓰고 있는 지금 2016년에도 이어지고 있다.

2015년 2월 니콜라 그루에프스키 총리가 주요 인사 수천 명의 통화
를 수년간 도청했다는 언론의 폭로에서 이 시위는 시작됐다. 이 과정
에서 여당의 부정선거가 적발된다. 시민들의 시위로 그루에프스키 총
리는 사임했지만 2006년부터 장악한 정권의 요직 인사들은 영향력을

행사해 니콜라 그루에프스키 전 총리는 어떤 심판도 받지 않았다. 반정부 시위대는 '정의 없이 평화 없다'는 구호를 외치며 대통령의 사임을 요구하고 있다. 대통령은 아랑곳하지 않고 이후에 이와 관련되어 구속된 정치인들을 대통령 특별 사면권을 이용해 사면시킨다. 마케도니아 특별검찰은 "대통령은 사면하면 할수록 더 많은 의혹을 받을 것"이라면서 대통령의 조사 중단 명령에 불복하고, 대통령의 사면권이 효력이 있는지를 따지는 '새로운 수사'에 착수했다고 밝혔다.

특별검찰은 도청 의혹을 수사하는 과정에서 3만5천 명의 신분증이 새로 발급됐고, 6만 명이 넘는 시민권이 부당한 이유로 승인돼 '유령 투표권자' 의혹이 있음을 밝혀냈다. 부정 선거에 대해 과격하지만, 끊임없이 진실을 요구하는 마케도니아의 국민들을 보면 아시아의 어떤 나라보다는 괜찮다고 생각했다. 국가는 GDP로만 평가할 일은 아니다.

　3600년 전에 건설된 도시 스코페. 유스티니아누스 1세 때 지어진 도시로 당시에는 '스쿠피'라고 불렸다. 지금의 모습과 가장 비슷하게 도시가 형성된 시기는 10세기경이다. 14세기 세르비아 왕국 듀산왕이 이곳을 수도로 정했다. 이후 1392년부터 1912년까지 520년간 오스만 제국의 지배하에 있으면서 '위스쿱'이라는 새 이름을 얻었다. 번영을 이어가다 그 후 세르비아, 불가리아 등의 지배를 받았다. 1944년에 마케도니아 공화국이 세워지면서 수도가 되었다.

　카메라를 무릎 위에 놓고 강변에 앉았다. 웅장하고 세련된 건물들이 바르다르 강변에 줄지어 서 있다. 옆에 스코페의 풍경을 도화지에 그리고 있던 한 젊은이가 연필을 내려놓고 옆에 앉은 나에게 말을 건다. 그림이 어떠냐는 질문을 시작으로 이런저런 대화가 자연스럽게 오가게 되었다. 대화가 흐르다가 눈앞에 보이는, 그 청년이 그리고 있던 알렉산더 대왕의 이야기로 옮겨갔다.

"저 사람이 누군지는 알아?"

"알렉산더 대왕이잖아. 근데 마케도니아 출신인지는 몰랐어."

"마케도니아 출신이 확실하지만, 일부 나라에서는 자기네 출신이라고 주장해서 논란이 많아. 특히 그리스가 제일 심하지. 그리스는 우리랑 사이가 안 좋아. 그리스 때문에 우리는 국기까지 바꿨어. 국기에 그려진 태양이 알렉산더 대왕을 상징한다고 해서 엄청나게 반대했어. UN 가입을 위해 어쩔 수 없이 바꿨지. 우리나라는 알렉산더 대왕이 마케도니아 출신임을 확고히 하기 위해 여기저기 알렉산더와 관련된 동상들을 짓고 있어. 근데 개인적으로는 어느 나라 출신인지는 크게 상관없다고 생각해. 알렉산더 대왕은 큰 제국을 건설한 사람이잖아. 알렉산더 대왕은 마케도니아만의 위인이 아니라 세계의 위인이라고 생각해. 어디 출신인지가 뭐가 중요하겠어. 그의 장점을 누가 배우고 실천하느냐가 중요한 문제지."

　고개를 끄덕였다. 마케도니아 국민들은 역사적으로도 개방적인 측면이 있긴 하다. 제1차 세계 대전 이후 마케도니아 혁명단은 대부분이 불가리아계임에도 불구하고 어떠한 민족 정체성도 주장하지 않았고, 공식적으로 민족성에 상관없이 마케도니아와 아드리아노폴리스 지역의 모든 불만 세력을 통합하는 것을 목표로 했다. 당시 마케도니아 지방에는 마케도니아인, 불가리아인, 그리스인, 알바니아인, 터키인 등이 흩어져 살았다. 1903년에 마케도니아 혁명단은 오스만에 대항하여 '일린덴 – 프레오브라제니에 반란'을 일으켜 다수 사상자를 내었으나, '크루셰프 공화국'을 세우는 데 성공했다. 이 반란과 크루셰프 공화국 성립은 '마케도니아 공화국'을 세운 주춧돌로 평가받고 있다.

　나는 말을 이었다.

　"이렇게 멋진 건물들이 스코페에 있는지 몰랐어."

　"사실 마케도니아 지식인들은 저 건물들을 좋아하지 않아. 저 건물

들은 다 국가 부채야. 마케도니아에 돈을 빌려주는 외국자본들은 우리가 인프라 시설을 구축하거나 국가 기반 산업에 투자하는 것을 반대해. 자기들의 돈을 빌려 오로지 저렇게 겉만 화려한 건물들을 건설하기만을 원하지. 그러면 그럴수록 우리는 더욱 외국자본에 의존하게 되겠지. 우리에게 자본이란 마약을 파는 거지. 50년 전에 일어난 대지진 이후로 건설을 위해 많은 돈이 필요했다는 것은 사실이야. 복원을 위해 당연히 빌려야 했지. 지금은 아니잖아. 너무 화려하게만 짓고 있어. 국민들의 삶의 질을 높이는 데에 돈이 쓰여야 하는데 안타까워."

한 사람의 이야기로만 마케도니아의 상황을 판단할 수 없었지만 한 사람의 깊은 견해를 들을 수 있는 기회가 고마웠다.

칼레 요새에 올랐다. 대지진으로 무너져 내린 이 성을 재건하던 중 유물이 발굴되어 일부만 개방하고 있었다. 이곳은 7개의 산이 둘러싸고 있는 분지 지형이다. 보드노 산 정상에 세워진 66m 높이의 세계

최대의 십자가 아래로 바르다르 강과 그 주변에 많은 건물들이 세워지는 것을 볼 수 있었다. 스코페 2014 프로젝트로 많은 건물들이 새로 지어지거나 복원되고 있었다. 스코페 2014 프로젝트는 2015년에도 아직 끝나지 않은 것으로 보였다. 이 도시에는 전설이 하나 내려온다. 이곳에는 마법사의 저주에 걸려 바위로 변해버린 거인의 머리가 있었다. 영원히 눈, 코, 귀, 입이 봉해진 채로 살아야 했다. 이 저주를 풀고자 한 사람이 마법사와 대결을 펼쳐 승리한다. 이 사람은 자신의 칼로 거인의 얼굴에 구멍을 뚫어 다시 살아나게 한다. 그때 스코페를 감싸고 있던 7개의 산에서 스코페 까 거인의 눈2개, 코콧구멍 2개, 귀2개, 입1개으로 7개의 길이 열린다. 스코페는 이 7개의 길을 통해서 보고, 숨 쉬고, 듣고, 말하는 도시가 되었다고 한다. 이들이 다시 살아나는 투쟁에서 승리하기를 바라는 마음으로 이 도시가 그리고 있는 모습에 완성된 도시의 모습을 상상을 덧대었다.

멈춤의 재발견

1963년 7월 마케도니아의 수도 스코페에 대지진이 발생했다. 이 지진은 9.0의 강진으로 도시의 80%가 파괴된다. 1,070명이 사망하고 이재민은 185,000명에 달했다. 이 엄청난 비극에 많은 국가에서 도움의 손길을 뻗었다. 제2차 세계대전 이후 냉전시대에 미군과 소련군이 함께 모인 첫 번째 지역이다. 모두 재건공사와 구조 작업 때문에 이곳에 투입됐다. 대지진 전에 기차역이었던 건물은 지금 스코페 도시 박물관으로 사용되고 있다. 이 지역은 전쟁을 피하니 지진이 들이닥쳐 파괴되는 기구한 운명을 지닌 듯했다. 박물관으로 가는 마케도니아 거리를 걸었다. 이 메인 거리는 식당과 카페 그리고 호텔이 줄지어 서 있었다. 그 앞으로는 재미있는 동상들이 군데군데 자리를 지키고 있다. 이 거리의 이름만 해도 60년 동안 이름이 5번 바뀌었다고 하니 스코페의 평탄치 않았던 운명을 가늠해 볼 수 있었다.

　스코페 도시 박물관의 시계는 5시 17분에 멈춰져 있다. 지진이 발생할 때 멈춰버린 중앙역의 시계로 아직까지 오전 5시 17분을 가리키고 있다. 사실 어떤 특정한 시각을 기억하기 위해 멈춰버린 시계는 많이 봐왔었다. 이스탄불 돌마바흐체 궁전의 시계는 터키의 영웅으로 추앙받는 초대 대통령 무스타파 케말 아타튀르크의 사망 시간인 9시 5분을 가리킨다. 자그레브 대성당도 지진이 일어났던 7시 3분을 가리키고 있다.

"그는 지나간 날들을 기억한다.
　먼지 낀 창틀을 통하여 과거를 볼 수 있겠지만,
　모든 것이 희미하게만 보였다."

　- 영화 〈화양연화〉 에서

영화 〈아비정전〉에서 아비와 수리진이 함께했던 '1960년 4월 16일 오후 3시 1분 전'처럼 기억해야 할 순간들이 있다. 시계는 알고 싶은 시각을 가리키는 것이 그 목적이라는 명제하에 정확히 멈춰버린 시계는 더욱더 그 역할에 충실하다고 볼 수 있다. 멈춤으로써 오히려 그 가치를 높인다. 삶도 그러할 것이다. 속도 경쟁의 시대에서 우리는 끊임없이 나아가야 하고, 움직일 것을 강요받는다. 하지만 멈춰 선다는 것은 죄악이 아니다. 때론 삶에 충실하기 위해, 때론 자신의 가치를 발휘하기 위해 반드시 필요한 일일지도 모른다. 멈춤으로 흐릿한 과거를 복기할 수 있는 시간이 허락되며 현재를 더욱 분명하게 바라볼 수 있는 기회가 주어진다.

마더 테레사

스코페가 유명한 또 다른 이유는 마더 테레사 수녀의 고향이기 때문이다. 공화국 광장에 있는 쇼핑몰 앞 기념품 가판대 옆에 그녀의 생가터가 있다. 마케도니아 거리에는 마더 테레사 기념관이 있다. 기념관 안에는 그녀의 가족사진과 세례증 원본 그리고 그녀가 쓴 친필 편지 등이 보관되어 있다. 그녀는 1910년 8월 26일에 마케도니아에서 태어나 1928년 9월 26일 아일랜드로 향한다. 그해 12월 1일 인도로 출발해 1929년 1월 6일 인도 캘커타의 도착한다. 그리고 그녀의 위대한 사랑의 여정은 1997년 9월 5일 그녀가 87세 나이로 세상을 떠날 때까지 지속된다. 마더 테레사가 18살 떠나면서 쓴 편지를 읽었다. 내가 사랑을 구걸하던 나이에 그녀는 사랑을 베풀기 위해 마케도니아를 떠났다.

도시 곳곳에 새겨진 그녀의 말들이 나의 가슴을 울린다.

인간은 비합리하고 비논리적이고 이기적이다.
그럼에도 사랑하라.

당신이 선한 일을 하면 이기적인 동기에서 하는 거라고 비난받을 것이다.
그럼에도 선한 일을 하라.

당신이 성실하면 거짓된 친구들과 진짜 무서운 적을 만나게 될 것이다.
그럼에도 성실하라.

당신이 정직하고 솔직하면 상처받을 것이다.
그럼에도 정직하라.

당신이 오랜 세월 동안 만든 것이 하룻밤에 무너질지도 모른다.
그럼에도 만들어라.

인간은 도움이 필요하지만 도와주면 공격할지도 모른다.
그럼에도 도와줘라.

세상에서 가장 좋은 것을 주면 당신은 발로 차일 것이다.
그럼에도 가진 것 중에 가장 좋은 것을 주어라.

— 마더 테레사

오흐리드
– 한량의 여행

잠시 번잡한 도시를 떠나 호반의 도시 오흐리드로 왔다. 오흐리드
는 '언덕 위의 도시'라는 뜻이다. '마케도니아의 예루살렘'으로 불리는
이곳은 300개 이상의 정교회 건물과 10세기에 지어진 슬라브 민족 최
초의 대학이 있다. 성 클레멘트 성인과 성 나움은 키릴문자를 만들었
던 키릴 형제의 제자로 이곳에서 교육을 통해 선생이 만든 키릴문자
를 널리 전파한 사람들이다. 키릴 형제를 두고 불가리아와 주도권 분쟁 중이다 오흐
리드 호수는 세계에서 가장 오래된 호수로 알려져 있다. 호수는 최대
400만 년 전에 형성됐다고 전해진다. 전설에 따르면 거인이 하늘에서
던진 꽃이 이 호수가 되었다고 한다.

마케도니아 전설에 따르면 거인이 참 많은 일들을 했다. 하지만 나
는 여기서 아무것도 안 할 생각이다. 한량같이 지낼 요량으로 이곳을
찾았다. 오흐리드에도 성 판텔레이몬 수도원, 성 요한 카네오 수도원
등 많은 유적지가 있다. 하지만 어느 것도 욕심내지 않았다. 숙소가
페리블렙타 교회 근처, 즉 이 도시에서 가장 오래된 마을에 위치한 덕
분에 주변만 둘러보아도 눈길 가는 곳이 참 많았다.

　늦은 오전, 부스스한 행색으로 숙소를 나와 원형 극장을 지나쳐 구
시가지로 나갔다. 호수 앞에 있는 살랑거리는 바람을 맞으며 아주 곱
게 나이를 먹은 할머니가 만든 해산물 샐러드로 첫 끼를 때우곤 했다.
그리고는 호수 주변을 돌거나 클레멘트 거리에서 물고기 비늘로 만들
었다는 진주를 기웃거렸다. 그러곤 돌아와 낮잠을 잔 뒤, 저녁을 먹고
소화가 안 되면 이따금 언덕에 올라 사무엘 요새에서 호수를 내려다보
며 트림을 했다. 그렇게 나는 숙소 마당을 지나다니던 거북이 같이 아
주 가끔 밖에 나와선 느릿느릿 걷다가 슬그머니 사라지곤 했다.

티라나
- 나에겐 미래 도시

알바니아는 여행 고수들의 숨은 휴양지다. 보통은 수도인 티라나에 잠시 머물고 해안가에 위치한 각자의 비밀 공간으로 흩어진다. 그중 어떤 곳도 우리나라에는 알려져 있지 않다. 낙원이 해안가를 따라 은밀히 숨어있다. 내가 티라나에서만 오래 머문다 했을 때 모든 여행자는 미쳤다고 했다. 티라나는 매력적인 여행지는 아니다. 그럼에도 불구하고 나는 티라나에 꼭 와보고 싶었다. 고민해도 쉽게 풀리지 않던 답을 찾기 위해서 이 회색빛 도시에 도착했다.

나에게 이곳은 미래의 도시였다. 공산주의와 독재가 무너진 곳에서 북한의 해법을 찾고 싶었다. 이곳에서 한반도의 미래를 보고 싶은 마음이 있었다. 권력의 위대함을 자랑하던 것들은 이제 폐허가 되었고, 자유가 싹트고 있는 이 땅은 평양의 미래가 되리라 생각했다. 미래로 가는 열쇠를 찾지는 못할지라도 흐릿한 단서라도 얻고 싶은 바람이 있었다. 공산주의가 무너진 곳은 이곳 말고도 많은 국가들이 있다. 하지만 알바니아는 공산주의의 순도?가 매우 높았다.

　제2차 세계대전의 여파로 이탈리아와 독일의 지배를 받게 되자 알바니아는 이에 항거하였다. 이후 유고슬라비아 공산당의 지원을 받아 독재자 엔베르 호자의 지휘 아래 1944년 11월 29일 독일로부터 독립했다. 1946년 유고슬라비아의 영향권 아래에서 공산주의 정부를 수립하였다.

　그러던 중, 1948년에 유고슬라비아가 소련과 결별하여 독자노선을 걷자, 알바니아는 유고슬라비아의 팽창을 두려워하여 소련의 대유고 공세에 가담하였다. 1951년 스탈린식 계획경제체제를 도입하는 등 친소노선으로 전환하였고, 1955년에는 바르샤바조약기구에 가입함으로써 완전히 소련의 위성국으로 전락하였다. 그러나 스탈린Stalin,I.이 죽은 뒤에 흐루시초프의 반스탈린 노선 강요와 경제 간섭, 유고슬라비아와의 화해 등 변화의 모습들이 나타나기 시작했다. 알바니아는 그의 행보를 두고 변절된 공산주의라고 강력 비판했다. 1961년 소련과의 외교관계를 단절하고 소련과 대립 중이던 중국의 동맹국이 되었다.

1968년에는 소련의 체코슬로바키아 침공에 항의하여 일방적으로 바르샤바조약기구에서 탈퇴함으로써 동구권에서는 유일하게 친중국 세력이 되었다. 1960년대 중반까지는 문화혁명에도 동참하며 중국과 긴밀한 관계를 유지했다. 그러나 마오쩌둥 사후 1970년대에는 중국과의 관계도 나빠져 고립주의 노선이 더욱 강화되었다. 중국이 미국에 접근하자 이를 기회주의적 행태라고 비난하여 중국과의 관계조차 차가워졌다.

스탈린주의와 대동구권 고립주의 노선을 지속적으로 고집해 나가면서 유럽의 공산주의 국가 사이에서도 가장 고립된 나라가 됐다.

1976년 사회주의 인민공화국 신헌법을 제정·공표해 '자력갱생의 원칙'을 강조하였고, 이때 마지막 우호국은 북한이었다. 소련, 중국을 배신 국가로 칭하고 북한만 남겨 놓았다. 유일하게 남은 진정한 공산주의 국가는 북한뿐이라며 북한과 긴밀한 협력관계를 유지시켜 나갔다. 사실 호자의 통치는 김일성의 정치과 매우 닮았다. 긴 독재 기간, 공포정치, 잔혹한 인민탄압과 고립적인 외교정책은 그들의 상징이다. 1948년 11월 29일 조선민주주의인민공화국과 수교하였고, 1954년 7월 30일 대사관을 교환 설치했다. 1988년에는 당시 유럽 공산주의 국가로서는 유일하게 서울 올림픽에 불참했다.

엔베르 호자는 알바니아 노동당을 창건한 이래 대외정책 노선이 변경될 때마다 국내의 반대파를 대대적으로 숙청했다. 폐쇄적인 일인 독재 장기집권체제를 약 40년 동안 유지하다가 1985년 사망했다. 그의 사후 권력구조가 개편되었으나, 스탈린식 강압정치와 경제침체 등의 유산은 쉽게 청산되지 않았다. 점점 공산주의가 몰락하며 알바니아 시민들은 1985년 독재자 호자가 죽은 뒤, 대대적인 봉기를 일으켰으나, 호자의 후계자 라미즈 알리아의 모진 탄압에 실패로 돌아갔다.

1991년 티라나를 중심으로 10곳에서 반란이 일어났다. 정부는 이를 진압하지 못했다. 알바니아의 공산주의는 1991년 1월 7일, 시민들의 시위로 무너지고 말았다. 그리고 알바니아에도 민주주의가 도입되었다. 특히 티라나는 그들의 승리를 기뻐하며 많은 사람들이 호자 광장으로 몰려가 호자와 스탈린의 동상을 무너뜨렸다. 알바니아에는 대통령제와 의회가 도입되었다. 1991년 4월 26일 대통령 중심제의 공화제로 신헌법을 제정하고, 국호도 '알바니아 인민사회주의 공화국'에서 '알바니아 공화국'으로 변경했다. 1992년, 알바니아 민주당의 살리 베리샤가 대통령에 선출됨으로써 알바니아의 공산당도 완전히 무너지고 말았다. 1991년 8월에 대한민국과 수교하였고, 조선민주주의인민공화국은 1992년 10월에 알바니아 주재 대사관을 폐쇄했다.

"그냥"

– 오답만이 지겹게 나열되는
현실에서 정답 찾기

나는 영어를 할 줄 아는 알바니아 사람들을 찾아다니며 그 당시 알
바니아의 상황을 캐물었다. 공산주의와 독재가 무너진 이유, 폭압적인
통치 속에서도 그 절대 권력을 무너뜨린 인민들의 힘과 그 응분의 동
기는 어디서 비롯됐는지 지겹도록 질문했다. 하지만 대답은 한결같이
똑같았다.

"그냥 일어났어."

난 이 답을 들으러 온 게 아닌데, 대답은 허무하고 가벼웠다. 처음
몇 번 이 대답을 들었을 때는 화가 났다. '이러니깐 국가 전체가 금융
피라미드에 당하는 일이 벌어지지.'라고 생각했다. 책을 찾아봐도 경
제 정책 실패로 가난에 환멸을 느낀 시민들이 거리로 뛰쳐나왔다고만
쓰여 있다. 하지만 북한의 경제 정책도 완전히 실패하고 있고, 북한
주민들의 가난은 그때 당시 이 땅의 궁핍함보다 더욱 극심하다. 내가
원했던 명백하고 깔끔한 답변은 어느 곳에서도 찾을 수 없었다.

프란치스코 교황은 2014년 9월 알바니아 방문 당시, 박해 속에서 생존한 신자들의 증언에 감동하며 눈물을 흘렸다. 1944년부터 1990년까지 공산주의자들의 심한 기독교 박해를 견딘 신자들의 증언을 듣고 나서 "알바니아는 영웅과 순교자의 땅"이라고 칭송했다.

나는 그런 기회를 갖지 못했다. 독재자 엔베르 호자의 동상이 부서졌던 스칸데르베그 광장에도 가보고 엔베르 호자가 살았던 저택을 기웃거렸다. 곳곳에는 이글루 모양의 벙커인 토치카가 군데군데 보였다. 나는 그렇게 알 수 없는 질문의 해답을 찾으려 서성였다. 공산주의의 흔적은 남아있지만, 그것을 무너뜨린 혁명의 흔적은 찾기 힘들었다. 그전과 그 이후의 삶은 볼 수 있었지만, 변화를 이끌었던 위대한 힘의 모습은 누군가가 몰래 벙커에 감추어 놓은 듯 찾을 수가 없었다.

라나강을 건너 티라나 피라미드까지 왔다. 호자의 박물관으로 쓰였지만, 지금은 낙서가 잔뜩 그려져 있고 철없는 아이들이 맨발로 꼭대기까지 올라가는 내기를 하는 곳이다. 최대 권력자의 권위를 상징하는 곳에서 노숙하는 사람들을 바라보니 유한한 삶의 무한한 의미가 느껴진다. 우매한 내 모습이 참 초라하게 보인다. 헛헛하다.

나도 어쩌면 이해할 수 없는 일에 정답을 찾으려 너무 집착했던 것은 아닐까? 방대한 역사와 깊고 간절했던 사람들의 울림을 나는 너무 쉽게 다가서려 했던 것은 아닐까? 라는 자조 섞인 기분이 든다. 누구나 가슴 속에 풀리지 않는 질문 하나씩은 품고 살아간다. 정답을 찾지 못하고 수많은 시행착오 끝에 좌절하고 답답해하다가 정답을 찾은 듯한 사람들에게 물어보기 마련이다. 하지만 결국 "그냥"과 같은 시시한 대답이 돌아오기 일쑤다.

세상을 이해하고자 인간은 예술과 철학이라는 영역 안에서 오랫동안 삶을 사유하고 성찰해왔다. 그럼에도 불구하고 정답은 좀처럼 손에 잡히지 않는다. 복잡하고 난해한 역사의 흐름을 단순하게 이해하려고 덤벼든 나의 모습이 참으로 잔망스럽다. 세상의 모든 일들을 논리와 이성으로 이해하고 해결할 수 없다. 역사의 저변에 깔려 있는 작은 욕망과 감정들이 일으키는 나비 효과를 내가 어찌 감히 얄팍한 논리로 이해할 수 있을까?

"우연하게도 물음표는 낚싯바늘처럼 생겼지요.
우리는 인생 혹은 세상이라는 망망대해에 그 물음표를 던집니다.
그것이 꼭 마침표나 느낌표로 돌아오는 것은 아닙니다.
오히려 물음표로 시작해서 끝내 물음표로 끝나는 것.
그런 게 삶이 아닐까요?"

– 허은실, 『나는 당신에게만 열리는 책』

　땅의 끝에 걸터앉아 낚싯바늘을 던지듯 우리는 삶의 끝이라고 생각
하는 지점에서 인생의 질문을 던지곤 한다. 하지만 답은 쉽게 잡히지
않고 지루하게 무수히 질문들을 던진다. 반복되는 질문은 고요함 속
으로 우리를 이끌기도 한다.

우리는 때론 장황한 설명보다는 침묵 속에 더 큰 의미를 담아 둔다. 나와 상대방 사이에 공감과 이해의 영역은 넓혀가는 게 옳긴 하지만 무한히 공유할 수 없는 영역에는 분명한 경계가 존재한다. 또한, 넓혀 나가는 데 있어서 필요한 방법과 공식이 존재한다. 때문에 "왜?"라고 아무리 질문해도 알 수 없는 영역들이 있다. 설명하기 어려운 질문에는 침묵으로 소리 없는 말들을 뱉어낸다.

　그때 가끔씩 침묵을 깨고 튀어나오는 소리는 "그냥"이라는 대답이다. 깊게 사랑하는 사람이 사랑의 이유를 물어오면 "그냥"이라고 대답하기도 한다. 깊은 사랑이 무참히 깨진 이유를 누군가 물을 때도 "그냥"이라는 대답이 나온다. 삶에 대한 질문도 마찬가지다. 삶의 이유나 목적 같은 심오한 질문들에 부딪힐 때마다 "그냥"이라고 대답하는 이유는 서로 이해할 수 없는 영역들이 있기 때문일지도 모른다. 같은 인간이라도, 같은 세상 속에 산다 하더라도 언어로 정립될 수 없는 나름의 방식들이 존재하고 각자 발을 딛고 있는 고유한 영역들이 있다.

　알바니아의 방식이 북한의 해법은 될 수 없듯이 다른 사람의 해법이 나의 해법이 될 수 없다. 나의 해법 또한 그들의 해법이 될 수는 없다. 문제가 비슷해도 해법은 다양한 게 우리네 인생이다. 북한의 해법은 결국 한반도 안에 있을 테다. 내 문제들의 해법은 결국 내 안에 있듯이 말이다.

　결국, 그 정답을 찾는다고 해서 현실의 불안이 해소될까? 긍정적인 사고를 하라. 희망을 버리지 마라. 나 자신을 믿으라는 어렴풋한 정답들은 누구나 갖고 있다. 인생의 수많은 문제들 속에서 내 마음을 울리는 해답들은 분명히 존재한다. 하지만 내 삶에 적용될 때, 놀랍게도 쓸모가 없어진다. 마치 세상에 무수히 떠도는 다이어트 비법처럼 말이다. 알고는 있지만, 몸소 실천하기가 때론 벅차다. 말로 혹은 생각으로 떠도는 명언들이 내 삶에 정착하는 순간 그 가치를 상실하는 순간들을 경험한다. '이건 아니네, 이래도 안 되네, 그건 아닌 거 같아.' 수없이 현실의 한계와 오답만 확인하는 인생이 갑갑하고 불안하다. 나만 못하는 것 같은 자괴감이 현실의 불안감과 합쳐져 참, 사람을 우습게 만들어버린다.

삶은 언제나 불안하고 버겁다. 정답만 알면 될 것 같은데 정답을 알 수 없고, 행여 정답을 안다 할지라도 행동으로 옮길 수 없는 현실 앞에 우리는 초라하게 무너진다. 어쩌면 예술과 철학도 정답을 찾는 일이 주된 목적은 아닐지도 모른다는 생각이 든다. 시대를 규명하고 세월을 견디기 위해 철학과 예술은 아주 오랜 시간 동안 힘겹게 노력해왔는지도 모른다.

잠 못 드는 밤, 깊은 한숨을 내뱉게 하는 정체 모를 위기감을 달래가며 하루를 견디고 삶을 참아낸다. 이런 고군분투가 우리에게 주어진, 떨칠 수 없는 형벌이 아닐까? 때를 기다리며 오늘을 거뜬히 혹은 간신히 살아내는 것이 인생이다. 의지와 노력만으로 모든 것이 해결되지 않는다. 때론 오지 않을 수도 있는 승리의 순간을 기다리며 지금을 이겨내야 할 때도 있다. 시간이 해결해 주기만을 바라는 무기력한 관조적인 태도가 아니라 때를 기다리며 하루를 살아내는 적극적인 인내가 필요하다.

'난 안 될 거야.'라는 비관을 이겨내며 하루를 견디다 보면 언젠가는 찾아오는 운명 앞에 우리도 감히 '그냥 이렇게 됐어.'라는 말을 뱉어낼 수 있지 않을까 생각했다. 그동안의 나의 고달팠던 하루하루를 모두 내어 보여줄 수 없기에, 나의 삶을 발가벗겨 내놓을 수 없기에 우리는 '그냥'이라는 단어 안에 많은 감정을 함축시키곤 한다.

서글프고 고달픈 나의 하루 안에 이런 어설픈 위로를 토닥이며 희망 한 그루를 심었다.

▶▶▶ 알바니아 금융피라미드 사건

공산주의가 몰락하고 급격하게 자본주의가 들어오게 되었다. 당시 경제관념이 없던 알바니아 국민들은 높은 수익을 보장한다는 금융 피라미드에 전 재산을 쏟아 붓는다. 보장이율이 50% 가까이 육박한 까닭에 사람들은 재산증식의 일환으로 위험한 투자를 감행했다. 당시 알바니아의 전체인구 337만 명 가운데 무려 200만 명이 넘는 사람들이 투지했으니 알바니아의 거의 모든 국민들이 피라미드 조직에 '묻지마 투자'를 했다고 봐도 무방하다. 주요 피라미드사의 적립금액만 12억 달러에 달했다

결국, 1997년 1월 모든 피라미드 회사들은 마치 도미노와도 같이 연쇄적으로 무너지기 시작한다. 문제는 200만 명의 피해자를 양산한 알바니아 금융 피라미드 업체들은 모두 합법이었다는 점이다. 대통령을 비롯한 집권 여당은 이 피라미드 금융 투자를 정책적으로 장려하기도 했다. 베리샤 대통령의 집권당인 민주당이 상기 금융 피라미드 회사들로부터 정치자금을 수수한 사실이 밝혀지자 전 국민의 70%에 육박하는 200만 명의 피해자들 중 무려 70만 명 이상이 대규모 시위를 일으키게 된다. 이는 내전으로 발전되어 2천 명의 사상자를 냈다. 지금도 이 여파로 알바니아는 심각한 경제 침체에 빠져있다.

코토르
- 검은 위로

Negro네그로 : 검다와 Monte몬테 : 산이 합쳐진 단어인 몬테네그로는 이탈리아어로 검은 산이라는 뜻이다. 몬테네그로어로는 '쯔르나 고라 Crna Gora'라고 불린다. 어두운색을 띤 산들이 많다. 이곳은 수많은 제국들이 탐을 내는 곳이었다. 전략적 요충지로 적합한 지형 때문에 로마 제국 이후 일리리아, 사라센, 불가리아, 세르비아, 오스만 제국, 합스부르크, 베네치아 공화국 등 수많은 문명이 이곳을 통치했었고, 국가명이 이탈리아어인 점에서도 알 수 있듯이 그 중 베네치아 공화국이 점령했던 15세기~18세기까지가 가장 발전했던 시기다.

우리나라 강원도보다 작은 이 나라는 강원도와 비슷하게 산지가 국토의 90%를 차지한다. 아름다운 바다와 그 바다를 둘러싼 아기자기한 섬 덕분에 지중해 최고의 휴양지로 알려져 있다. 때문에 여름철에는 국경 넘는데 소요되는 시간이 정말 길다. 마릴린 먼로도 이 도시를 무척 사랑했다고 알려져 있다.

티라나와 코토르를 오가는 숙소의 차량을 타고 사이프러스 숲을 지나 회색의 산으로 둘러싸인 코토르만으로 향했다. 해변도로에 펼쳐진 코발트 빛 바다와 담홍색의 지붕이 가득한 마을은 정말 아름답다. 미니버스 안의 여행자들도 카메라를 창문에 붙인 채 사진 찍기에 여념이 없다.

구시가지 전체가 유네스코 세계문화유산으로 등재된 코토르 성벽 안에 모든 유적지가 모여 있다. 여러 광장들이 교회를 중심으로 옹기종기 모여 있어 가벼운 발걸음으로 골목길을 거닐었다. 골목을 벗어나 광장을 만날 때마다 카페와 레스토랑에서는 사람들의 수다가 끊이질 않았고 거리에서는 현악기를 연주하는 악사들을 종종 마주쳤다. 도시의 분위기는 소리마저 정겹다. 9세기에 지어진 트리푼 성당, 10세기에 태어난 성 루카 교회, 15세기에 건설된 시계탑, 17세기에 만들어진 왕자의 궁전, 20세기에 세운 성 니콜라스 교회 등 세대가 다른 건축물이 아름다운 조화를 이루고 있다.

초기 일리리안 부족이 살던 시절 만들어진 성벽을 따라 로브첸 산 정상에 올라 세인트 요한 요새에서 바라보는 코토르만의 풍경은 가히 압도적이다. 성곽도시인 코토르의 가로등과 집에서 흘러나오는 주황색 빛깔의 빛이 어둠을 밝힌다.

부드바와 티바트, 페라스트 등 주요 관광도시와도 가까워 천혜의 요새이자 관광지다. 이렇듯 작은 공간 안에 비슷한 듯하면서도 다양한 모습이 섞여 있는 곳. 모든 색이 품고 있어 그런 듯 험준한 산맥은 검다. 그래도 따뜻하고 정감 간다.

"어쩌다 이곳까지 오게 되셨어요? 잘 모르셔도 상관없어요. 회색빛 빌딩에 둘러싸인 차가운 곳에서 힘겹게 살아온 당신. 검은색 빛 산이 따뜻하게 품고 있는 이 땅에서 그냥 쉬어가세요."

온 도시가 이렇게 위로하는 듯하다. 큰 상처를 이겨내고 있는 이 발 칸유럽에서 큰 위로를 선물로 받은 기분이다. 아직 이 땅과 나는 가야 할 길이 멀다. 그래도 함께 씩씩하게 걸어가자고 이 도시에 내려앉은 햇살이 내 등을 따스하게 쓰다듬는다.

때론 여행지는 사람보다 따뜻하다. 인연은 우리가 그 목적을 선택 할 수 없다. '지금 사랑은 쉬어가는 사랑이야. 지금 사랑은 불타는 사 랑이야. 이번 사랑은 나에게 안정을 줄 거야.' 라며 그 의미를 고를 수 없다. 인연에 섣불리 정의를 내리면 우리는 언제나 뒤통수를 호되게 맞곤 한다. 그럼에도 우리는 의미를 부여하며 인연에 기대지만 체온의 따뜻함도 얼마 지나지 않아 냉랭해지고 만다. 하지만 여행은 우리에게 선택의 자유를 부여한다.

나는 몬테네그로 코토르에 쉬러 왔다. 나는 이곳에서 여행자도 아 니었고 관광객도 아니었다. 그냥 관람객이었다. 그럼에도 이곳은 나의 오만함을 따뜻하게 품어 주었다. 너의 뜻이 그러하면 그러라고. 여기 서는 너의 뜻대로 하면 된다고. 그게 여행이라고.

"인간은 피곤한 상태로 태어난다. 고로 쉬기 위해 살아간다."

  – 몬테네그로 속담

사색여담

봄 · 여름 · 가을 · 겨울